魯迅作品精選 3

朝花夕拾

經典新版

魯迅——著

豈有豪情似舊時
花開花落兩由之
何期淚灑江南雨
又為斯民哭健兒

魯迅

出版小引

還原歷史的眞貌——讓魯迅作品自己說話

陳曉林

中國自有新文學以來，魯迅當然是引起最多爭議和震撼的作家。但無論是擁護魯迅的人士，或是反對魯迅的人士，至少有一項顯而易見的事實，是受到雙方公認的：魯迅是現代中國最偉大的作家。

時至今日，以魯迅作品爲研究題材的論文與專書，早已俯拾皆是，汗牛充棟。全世界以詮釋魯迅的某一作品而獲得博士學位者，也早已不下百餘位之多。而中國大陸靠「核對」或「注解」魯迅作品爲生的學界人物，數目上更超過台灣以「研究」孫中山思想爲生的人物數倍以上。但遺憾的是，台灣的讀者卻始終無緣全面性地、無偏見地看到魯迅作品的真貌。

事實上，魯迅自始至終是一個文學家、思想家、雜文家，而不是一個翻雲覆雨的政治人物。中國大陸將魯迅捧抬爲「時代的舵手」、「青年的導師」，固然是以政治手段扭曲了魯迅作品的真正精神；台灣多年以來視魯迅爲「洪水猛獸」、「離經叛道」，不讓魯迅作品堂堂正正出現在讀者眼前，也是割裂歷史真相的笨拙行徑。試想，談現代中國文學，談三十年代作品，而竟獨漏了魯迅這個人和他的著作，豈止是造成半世紀來文學史「斷層」的主因？在明眼人看來，這根本是一個對文學毫無常識的、天大的笑話！

正因爲海峽兩岸基於各自的政治目的，對魯迅作品作了各種各樣的扭曲或割裂；而研究魯迅作品的文人學者又常基於個人一己的好惡，而誇張或抹煞魯迅作品的某些特色，以致魯迅竟成爲近代中國文壇最離奇的「謎」，及最難解的「結」。

其實，若是擱置激情或偏見，平心細看魯迅的作品，任何人都不難發現：一、魯迅是一個真誠的人道主義者，他的作品永遠在關懷和呵護受侮辱、受傷害的苦難大眾。二、魯迅是一個文學才華遠遠超邁同時代水平的作家，就純文學領域而言，他的《吶喊》、《徬徨》、《野草》、《朝花夕拾》，迄今仍是現代中國最夠深度、結構也最爲嚴謹的小說與散文；而他所首創的「魯迅體雜文」，冷風熱血，犀利真摯，抒情析理，兼而有之，亦迄今仍無人可以企及。三、魯迅是最勇於面對時代黑暗與人性黑暗的作家，他對中國民族性的透視，以及對專制勢力的抨擊，沉痛真切，一針見血。四、魯迅是涉及論戰與爭議最多的作家，他與胡適、徐志摩、梁實秋、陳西瀅等人的筆戰，迄今仍是現代文學史上一樁樁引人深思的公案。五、魯迅是永不迴避的歷史見證者，他目擊身歷了清末亂局、辛亥革命、軍閥混戰、黃埔北伐，以及國共分裂、清黨悲劇、日本侵華等一連串中國近代史上掀天揭地的鉅變，秉筆直書，言其所信，孤懷獨往，昂然屹立，他自言「橫眉冷對千夫指，俯首甘爲孺子牛」，可見他的堅毅與孤獨。

現在，到了還原歷史真貌的時候了。隨著海峽兩岸文化交流的展開，再沒有理由讓魯迅作品長期被掩埋在謊言或禁忌之中了。對魯迅這位現代中國最重要的作家而言，還原歷史真貌最簡單、也最有效的方法，就是讓他的作品自己說話。

不要以任何官方的說詞、拼湊的理論，或學者的「研究」來混淆了原本文氣磅礡、光焰萬丈的魯迅作品；而讓魯迅作品如實呈現在每一個人面前，是魯迅的權利，也是每位讀者的權利。

恩怨俱了，塵埃落定。畢竟，只有真正卓越的文學作品是指向永恆的。

小引①

我常想在紛擾中尋出一點閑靜來，然而委實不容易。目前是這麼離奇，心裡是這麼蕪雜。一個人做到只剩了回憶的時候，生涯大概總要算是無聊了罷，但有時竟會連回憶也沒有。中國的做文章有軌範，世事也仍然是螺旋。前幾天我離開中山大學的時候，便想起四個月以前的離開廈門大學；聽到飛機在頭上鳴叫，竟記得了一年前在北京城上日日旋繞的飛機②。我那時還做了一篇短文，叫做《一覺》③。現在是，連這《一覺》也沒有了。

廣州的天氣熱得真早，夕陽從西窗射入，逼得人只能勉強穿一件單衣。書桌上的一盆「水橫枝」④，是我先前沒有見過的：就是一段樹，只要浸在水中，枝葉便青蔥得可愛。看看綠葉，編編舊稿，總算也在做一點事。做著這等事，真是雖生之日，猶死之年，很可以驅除炎熱的。

前天，已將《野草》編定了；這回便輪到陸續載在《莽原》⑤上的《舊事重提》，我還替他改了一個名稱：《朝花夕拾》。帶露折花，色香自然要好得多，但是我不能夠。便是現在心目中的離奇和蕪雜，我也還不能使他即刻幻化，轉成離奇和蕪雜的文章。或者，他日仰看流雲時，會在我的眼前一閃爍罷。

我有一時，曾經屢次憶起兒時在故鄉所吃的蔬果：菱角，羅漢豆，茭白，香瓜。凡這些，都是極其鮮美可口的；都曾是使我思鄉的蠱惑。後來，我在久別之後學到了，也不過如此；惟獨在記憶上，還有舊來的意味留存。他們也許要哄騙我一生，使我時時反顧。

這十篇就是從記憶中抄出來的，與實際容或有些不同，然而我現在只記得是這樣。文體大概很雜亂，因爲是或作或輟，經了九個月之多。環境也不一：前兩篇寫於北京寓所⑥的東壁下；中三篇是流離中⑦所作，地方是醫院和木匠房；後五篇卻在廈門大學的圖書館的樓上，已經是被學者們⑧擠出集團之後了。

一九二七年五月一日，魯迅於廣州白雲樓⑨記

注釋

①本篇最初發表於一九二七年五月二十五日北京《莽原》半月刊第二卷第十期。

②一九二六年四月，馮玉祥的國民軍和奉系軍閥張作霖、李景林所部作戰期間，國民軍駐守北京，奉軍飛機曾多次飛臨轟炸。

③《一覺》　散文詩。最初發表於北京《語絲》周刊第七十五期（一九二六年四月十九日），後收入《野草》。

④**水横枝**　一種盆景。在廣州等南方暖和地區，取梔子的一段浸植於水鉢中，能長綠葉，可供觀賞。

⑤《莽原》　魯迅在北京編輯的文藝刊物。一九二五年四月二十四日創刊，初爲周刊，附《京報》發行。同年十一月二十七日出至第三十二期休刊。一九二六年一月十日起改爲半月刊，由未名社出版。一九二六年八月魯迅離京後，改由韋素園接編。一九二七年十二月二十五日出至第四十八期停刊。

⑥北京寓所　指作者在北京阜成門內西三條胡同二十一號的寓所。現爲魯迅博物館的一部分。

⑦流離中　一九二六年三一八慘案後，北洋軍閥政府曾擬通緝當時北京文教界人士魯迅等五十人（參看《而已集・大衍發微》），因此作者曾先後避居山本醫院、德國醫院、法國醫院等處。避居德國醫院時因病房已滿，只得住入一間堆積雜物兼作木匠作場的房子。

⑧學者們　指當時在廈門大學任教的顧頡剛等人。

⑨白雲樓　在廣州東堤白雲路。據《魯迅日記》，一九二七年三月二十九日作者自中山大學移居此處。

#《朝花夕拾》目次

三、臉譜種種

附錄

一、朝花夕拾

狗·貓·鼠①

從去年起，彷彿聽得有人說我是仇貓的。那根據自然是在我的那一篇《兔和貓》②；這是自畫招供，當然無話可說，——但倒也毫不介意。一到今年，我可很有點擔心了。我是常不免於弄弄筆墨的，寫了下來，印了出去，對於有些人似乎總是搔著癢處的時候少，碰著痛處的時候多。萬一不謹，甚而至於得罪了名人或名教授③，或者更甚而至於得罪了「負有指導青年責任的前輩」④之流，可就危險已極。爲什麼呢？因爲這些大角色是「不好惹」⑤的。怎地「不好惹」呢？就是怕要渾身發熱⑥之後，做一封信登在報紙上，廣告道：「看哪！狗不是仇貓的麼？魯迅先生卻自己承認是仇貓的，而他還說要打『落水狗』！」這「邏輯」的奧義，即在用我的話，來證明我倒是狗，於是而凡有言說，全都根本推翻，即使我說二二得四，三三見九，也沒有一字不錯。這些既然都錯，則紳士口頭的二二得七，三三見千等等，自然就不錯了。

我於是就間或留心著查考它們成仇的「動機」。這也並非敢妄學現下的學者以動機來褒貶作品⑦的那些時髦，不過想給自己預先洗刷洗刷。據我想，這在動物心理學家，是用不著費什麼力氣的，可惜我沒有這學問。後來，在覃哈特⑧博士（Dr. O. Dähnhardt）的《自然史底國民童話》裡，總算發現了那原因了。據說，是這麼一回事：動物們因爲要商議要事，開了一個會議，鳥，魚，獸都齊集了，單是缺了象。大會議定，派夥計去迎接牠，拈到了當這差使的鬮的就是狗。「我怎麼找到那象呢？我沒有見過牠，也和牠不認識。」牠問。「那容易，」大眾說，「牠是駝背的。」狗去了，遇見一隻貓，立刻弓起脊梁來，牠便招待，同行，將弓著脊梁的貓介紹給大家道：「象在這裡！」但是大家都嗤笑牠了。從此以後，狗和貓便成了仇家。

日耳曼人⑨走出森林雖然還不很久，學術文藝卻已經很可觀，便是書籍的裝潢，玩具的工致，也無不令人心愛。獨有這一篇童話卻實在不漂亮；結怨也結得沒有意思。貓的弓起脊梁，並不是希圖冒充，故意擺架子的，其咎卻在狗的自己沒眼力。然而原因也總可以算作一個原因。我的仇貓，是和這大大兩樣的。

其實人禽之辨，本不必這樣嚴。在動物界，雖然並不如古人所幻想的那樣舒適自由，可是嚕嗦做作的事總比人間少。牠們適性任情，對就對，錯就錯，不說一句分辯話。蟲蛆也許是不乾淨的，但牠們並沒有自鳴清高；鷙禽猛獸以較弱的動物爲餌，不妨說是凶殘的罷，但牠們從來就沒有豎過「公理」「正義」⑩的旗子，使犧牲者直到被吃的時候爲止，還是一味佩服讚嘆牠們。人呢，能直立了，自然是一大進步；能說話了，自然又是一大進步；能寫字作文了，自然又是一大進步。然而也就墮落，因爲那時也開始了說空話。說空話尙無不可，甚至於連自己也不知道說著違心之論，則對於只能嗥叫的動物，實在免不得「顏厚有忸怩」⑪。假使真有一位一視同仁的造物主，高高在上，那麼，對於人類的這些小聰明，也許倒以爲多事，正如我們在萬生園⑫裡，看見猴子翻觔斗，母象請安，雖然往往破顏一笑，但同時也覺得不舒服，甚至於感到悲哀，以爲這些多餘的聰明，倒不如沒有的好罷。然而，既經爲人，便也只好「黨同伐異」⑬，學著人們的說話，隨俗來談一談，——辯一辯了。

現在說起我仇貓的原因來，自己覺得是理由充足，而且光明正大的。一，牠的性情就和別的猛獸不同，凡捕食雀鼠，總不肯一口咬死，定要盡情玩弄，放走，又捉住，捉住，又放走，直待自己玩厭了，這才吃下去，頗與人們的幸災樂禍，慢慢地折磨弱者的壞脾氣相同。二，牠不是和獅虎同族的麼？可是有這麼一副媚態！但這也許是限於天分之故罷，假使牠的身材比現在大十倍，那就真不知道牠所取的是怎麼一種態度。然而，這些口實，彷彿又是現在提起筆來的時候添出來的，雖然也像是當時湧上心來的理由。要說得可靠一點，或者倒不如說不過因為牠們配合時候的嗥叫，手續竟有這麼繁重，鬧得別人心煩，尤其是夜間要看書，睡覺的時候。當這些時候，我便要用長竹竿去攻擊牠們。狗們在大道上配合時，常有閒漢拿了木棍痛打；我曾見大勃呂該爾⑭（P.Bruegel d.A）的一張銅版畫Allegorie der Wollust上，也畫著這回事，可見這樣的舉動，是中外古今一致的。自從那執拗的奧國學者弗羅特⑮（S.Freud）提倡了精神分析說——Psychoanalysis，聽說章士釗⑯先生是譯作「心解」的，雖然簡古，可是實在難解得很——以來，我們的名人名教授也頗有隱隱約約，撿來應用的了，這些事便不免又要歸宿到性慾上去。打狗的事我不管，至於我的打貓，卻只因為牠們嚷嚷，此外並無惡意，我自信我的嫉妒心還沒有這麼博大，當現下「動輒獲咎」之秋，這是不可不預先聲明的。例如人們當配合之前，也很有些手續，新的是寫情書，少則一束，多則一捆；舊的是什麼「問名」「納采」⑰，磕頭作揖，去年海昌蔣氏在北京舉行婚禮，拜來拜去，就十足拜了三天，還印有一本紅面子的《婚禮節文》，《序論》裡大發議論道：「平心論之，既名為禮，當必繁重。專圖簡易，何用禮為？……然則世之有志於禮者，可以興矣！不可退居於禮所不下之庶人矣！」然而我毫不生氣，這是因爲無須我到場；因此也可見我的仇貓，理由實在簡簡單單，只爲了牠們在我的耳朵邊盡嚷的緣故。人們的各種禮式，局外人可以不見不聞，我就滿不管，但如果當我正要看書或睡覺的時候，有人來勒令朗誦情書，奉陪作揖，那是爲自衛起見，還要用長竹竿來抵禦的。還有，平素不大交往的人，忽而寄給我一個紅帖子，上面印著「爲舍妹出閣」，「小兒完姻」，「敬請觀禮」或「闔第光臨」這些含有「陰險的暗示」⑱的句子，使我不花錢便總覺得有些過意不去的，我也不十分高興。

但是，這都是近時的話。再一回憶，我的仇貓卻遠在能夠說出這些理由之前，也許是還在十歲上下的時候了。至今還分明記得，那原因是極其簡單的：只因爲牠吃老鼠，——吃了我飼養著的可愛的小小的隱鼠⑲。

聽說西洋是不很喜歡黑貓的，不知道可確；但Edgar Allan Poe⑳的小說裡的黑貓，卻實在有點駭人。日本的貓善於成精，傳說中的「貓婆」㉑，那食人的慘酷確是更可怕。中國古時候雖然曾有「貓鬼」㉒，近來卻很少聽到貓的興妖作怪，似乎古法已經失傳，老實起來了。只是我在童年，總覺得牠有點妖氣，沒有什麼好感。那是一個我的幼時的夏夜，我躺在一株大桂樹下的小板桌上乘涼，祖母搖著芭蕉扇坐在桌旁，給我猜謎，講故事。忽然，桂樹上沙沙地有趾爪的爬搔聲，一對閃閃的眼睛在暗中隨聲而下，使我吃驚，也將祖母講著的話打斷，另講貓的故事了——

「你知道麼？貓是老虎的先生。」她說。「小孩子怎麼會知道呢，貓是老虎的師父。老虎本來是什麼也不會的，就投到貓的門下來。貓就教給牠撲的方法，捉的方法，吃的方法，像自己的捉老鼠一樣。這些教完了；老虎想，本領都學到了，誰也比不過牠了，只有老師的貓還比自己強，要是殺掉貓，自己便是最強的角色了。牠打定主意，就上前去撲貓。貓是早知道牠的來意的，一跳，便上了樹，老虎卻只能眼睜睜地在樹下蹲著。牠還沒有將一切本領傳授完，還沒有教給牠上樹。」

這是僥倖的，我想，幸而老虎很性急，否則從桂樹上就會爬下一匹老虎來。然而究竟很怕人，我要進屋子裡睡覺去了。夜色更加黯然；桂葉瑟瑟地作響，微風也吹動了，想來草蓆定已微涼，躺著也不至於煩得翻來覆去了。

幾百年的老屋中的豆油燈的微光下，是老鼠跳樑的世界，飄忽地走著，吱吱地叫著，那態度往往比「名人名教授」還軒昂。貓是飼養著的，然而吃飯不管事。祖母她們雖然常恨鼠子們嚙破了箱櫃，偷吃了東西，我卻以為這也算不得什麼大罪，也和我不相干，況且這類壞事大概是大個子的老鼠做的，決不能誣陷到我所愛的小鼠身上去。這類小鼠大抵在地上走動，只有拇指那麼大，也不很畏懼人，我們那裡叫牠「隱鼠」，與專住在屋上的偉大者是兩種。我的床前就貼著兩張花紙，一是「八戒招贅」㉓，滿紙長嘴大耳，我以為不甚雅觀；別的一張「老鼠成親」㉔卻可愛，自新郎新婦以至儐相，賓客，執事，沒有一個不是尖腮細腿，像煞讀書人的，但穿的都是紅衫綠褲。我想，能舉辦這樣大儀式的，一定只有我所喜歡的那些隱鼠。現在是粗俗了，在路上遇見人類的迎娶儀仗，也不過當作性交的廣告看，不甚留心；但那時的想看「老鼠成親」的儀式，卻極其神往，即使像海昌蔣氏似的連拜三夜，怕也未必會看得心煩。正月十四的夜，是我不肯輕易便睡，等候牠們的儀仗從床下出來的夜。然而仍然只看見幾個光著身子的隱鼠在地面遊行，不像正在辦著喜事。直到我熬不住了，怏怏睡去，一睜眼卻已經天明，到了燈節了。也許鼠族的婚儀，不但不分請帖，來收羅賀禮，雖是真的「觀禮」，也絕對不歡迎的罷，我想，這是牠們向來的習慣，無法抗議的。

老鼠的大敵其實並不是貓。春後，你聽到牠「咋！咋咋咋咋！」地叫著，大家稱爲「老鼠數銅錢」的，便知道牠的可怕的屠伯已經光降了。這聲音是表現絕望的驚恐的，雖然遇見貓，還不至於這樣叫。貓自然也可怕，但老鼠只要竄進一個小洞去，牠也就奈何不得，逃命的機會還很多。獨有那可怕的屠伯——蛇，身體是細長的，圓徑和鼠子差不多，凡鼠子能到的地方，牠也能到，追逐的時間也格外長，而且萬難倖免，當「數錢」的時候，大概是已經沒有第二步辦法的了。

有一回，我就聽得一間空屋裡有著這種「數錢」的聲音，推門進去，一條蛇伏在橫梁上，看地上，躺著一匹隱鼠，口角流血，但兩肋還是一起一落的。取來給躺在一個紙盒子裡，大半天，竟醒過來了，漸漸地能夠飲食，行走，到第二日，似乎就復了原，但是不逃走。放在地上，也時時跑到人面前來，而且緣腿而上，一直爬到膝髁。給放在飯桌上，便撿吃些菜渣，舐舐碗沿；放在我書桌上，則從容地遊行，看見硯台便舐吃了研著的墨汁。這使我非常驚喜了。我聽父親說過的，中國有一種墨猴，只有拇指一般大，全身的毛是漆黑而且發亮的。牠睡在筆筒裡，一聽到磨墨，便跳出來，等著，等到人寫完字，套上筆，就舐盡了硯上的餘墨，仍舊跳進筆筒裡去了。我就極願意有這樣的一個墨猴，可是得不到；問那裡有，那裡買的呢，誰也不知道。「慰情聊勝無㉕」這隱鼠可以算是我的墨猴了罷，雖然牠舐吃墨汁，並不一定肯等到我寫完字。

現在已經記不分明，這樣地大約有一兩月；有一天，我忽然感到寂寞了，真所謂「若有所失」。我的隱鼠，是常在眼前遊行的，或桌上，或地上。而這一日卻大半天沒有見，大家吃午飯了，也不見牠走出來，平時，是一定出現的。我再等著，再等牠一半天，然而仍然沒有見。

長媽媽，一個一向帶領著我的女工，也許是以爲我等得人苦了罷，輕輕地來告訴我一句話。這即刻使我憤怒而且悲哀，決心和貓們爲敵。她說：隱鼠是昨天晚上被貓吃去了！

當我失掉了所愛的，心中有著空虛時，我要充塡以報仇的惡念！

我的報仇，就從家裡飼養著的一匹花貓起手，逐漸推廣，至於凡所遇見的諸貓。最先不過是追趕，襲擊，後來卻愈加巧妙了，能飛石擊中牠們的頭，或誘入空屋裡面，打得牠垂頭喪氣。這作戰繼續得頗長久，此後似乎貓都不來近我了。但對於牠們縱使怎樣戰勝，大約也算不得一個英雄；況且中國畢生和貓打仗的人也未必多，所以一切策略，戰績，還是全都省略了罷。

但許多天之後，也許是已經經過了大半年，我竟偶然得到一個意外的消息，那隱鼠其實並非被貓所害，倒是牠緣著長媽媽的腿要爬上去，被她一腳踏死了。

這確是先前所沒有料想到的。現在我已經記不清當時是怎樣一個感想，但和貓的感情卻終於沒有融和，到了北京，還因爲牠傷害了兔的兒女們，便舊隙夾新嫌，使出更棘的棘手。「仇貓」的話柄，也從此傳揚開來。然而在現在，這些早已是過去的事了，我已經改變態度，對貓頗爲客氣，倘其萬不得已，則趕走而已，決不打傷牠們，更何況殺害。這是我近幾年的進步。經驗既多，一旦大悟，知道貓的偷魚肉，拖小雞，深夜大叫，人們自然十之九是憎惡的，打傷或殺害了牠，牠便立刻變爲可憐，那憎惡倒移在我身上了。所以，目下的辦法，是凡遇貓們搗亂，至於有人討厭時，我便站出去，在門口大聲叱曰：「噓！滾！」小小平靜，即回書房，這樣，就長保著禦侮保家的資格。

其實這方法，中國的官兵就常在實做，他們總不肯掃清土匪或撲滅敵人，因爲這麼一來，就要不被重視，甚至於因失其用處而被裁汰。我想，如果能將這方法推廣應用，我大概也總可望成爲所謂「指導青年」的「前輩」的罷，但現下也還未決心實踐，正在研究而且推敲。

一九二六年二月二十一日

注釋

①本篇最初發表於一九二六年三月十日《莽原》半月刊第一卷第五期。

②**《兔和貓》** 短篇小說，最初發表於一九二二年十月十日北京《晨報副刊》，後收入《吶喊》。

③**名人或名教授** 指當時現代評論派陳西瀅等人。一九二六年一月二十日《晨報副刊》上發表了豈明《閒話的閒話之閒話》一文，裡面說：「北京有兩位新文化新文學的名人名教授」在誣蔑女學生；同月三十日陳西瀅即在同一副刊上發表了《〈閒話的閒話之閒話〉引出來的幾封信》，其中《致豈明》一信說：「我雖然配不上稱爲新文化新文學的名人名教授，也未免要同其餘的讀者一樣，有些疑心先生罵的有我在裡面，雖然我又拿不著把柄。」

④**「負有指導青年責任的前輩」** 指徐志摩、陳西瀅等。當時作者和現代評論派的鬥爭正在繼續，徐志摩在一九二六年二月三日《晨報副刊》發表《結束閒話，結束廢話》一文，其中有

雙方都是「負有指導青年責任的前輩」之類的話。

⑤「不好惹」　這是徐志摩恫嚇作者的話。一九二六年一月三十日《晨報副刊》發表了徐志摩為陳西瀅辯護的《關於下面一束通信告讀者們》，其中說：「說實話，他也不是好惹的。」

⑥渾身發熱　這是諷刺陳西瀅的話。陳在一九二六年一月三十日《晨報副刊》發表的《致志摩》中說：「昨晚因為寫另一篇文章，睡遲了，今天似乎有些發熱。今天寫了這封信，已經疲倦了。」

⑦以動機來褒貶作品　這也是針對陳西瀅的。陳在《現代評論》第二卷第四十八期（一九二五年十一月七日）的《閑話》中說：「一件藝術品的產生，除了純粹的創造衝動，是不是常常還夾雜著別種動機？是不是應當夾雜著別種不純潔的動機？……年輕的人，他們觀看文藝美術是用十二分虔敬的眼光，一定不願意承認創造者的動機是不純粹的吧。可是，看一看古今中外的各種文藝美術品，我們不能不說它們的產生的動機大都是混雜的。」

⑧覃哈特（1870–1915）　今譯德恩哈爾特，德國文史學家，民俗學者。

⑨日爾曼人　古代居住在歐洲東北部的一些部落的總稱。起初從事游牧、打獵，公元前一世紀轉向定居。公元初分成東、西、北數支，開始階級分化，出現貴族。東、西二支在公元四到五世紀聯合斯拉夫人和羅馬奴隸等，推翻了西羅馬帝國。此後，他們在羅馬領土上建立了許多封建王國。各支日爾曼人同其他原居民結合，形成近代英、德、荷蘭、瑞典、挪威、丹麥等民族的祖先。

⑩「公理」「正義」　這是陳西瀅等常用的字眼。如在一九二五年十一月北京女子師範大學復校後，陳西瀅等就在宴會席上組織所謂「教育界公理維持會」，支持北洋政府迫害學生和教育界進步人士。參看《華蓋集·「公理」的把戲》。

⑪「顏厚有忸怩」　語見《尚書·五子之歌》，意思是臉皮雖厚，內心也感到慚愧。

⑫萬生園　北京動物園的前稱。

⑬「黨同伐異」　語見《後漢書·黨錮傳序》。意思是糾合同夥，攻擊異己。陳西瀅曾用此語影射攻擊魯迅，他在《現代評論》第三卷第五十三期（一九二五年十二月十二日）的《閑話》中說：「中國人是沒有是非的……凡是同黨，什麼都是好的，凡是異黨，什麼都是壞的。」

⑭大勃呂該爾（1525–1569）　通譯勃魯蓋爾，歐洲文藝復興時期法蘭德斯的諷刺畫家。Allegorie der Wollust，德語，意思是「情慾的喻言」。

⑮弗羅特（1856–1939）　通譯佛洛伊德，奧地利精神病學家，精神分析學說的創立者。這種學說認為文學、藝術、哲學、宗教等一切精神現象，都是人們因受壓抑而潛藏在下意識裡的某種「生命力」（libido），特別是性慾的潛力所產生的。

⑯章士釗（1881–1973）　字行嚴，湖南長沙人。曾譯有《茀羅乙德敘傳》和《心解學》。

⑰「問名」「納采」　舊時議婚中的儀式。「問名」是男方通過媒妁問女方的姓名和出生年月日；「納采」是向女方送定婚的禮物。

⑱「陰險的暗示」　這也是陳西瀅的話。陳為了否認他說過誣蔑女學生的話，在《致豈明》的

信中說：「這話先生說了不止一次了，可是好像每次都在罵我的文章裡，而且語氣裡很帶些陰險的暗示。」

⑲隱鼠　即鼷鼠，鼠類中最小的一種。

⑳Edgar Allan Poe　通譯愛倫・坡（1809-1849），美國詩人和小說家。他在短篇小說《黑貓》中，寫一個囚犯自述的故事：他因殺死一隻貓而被神秘的黑貓逼成了謀殺犯。

㉑「貓婆」　日本民間傳說：有個老太婆養的一隻貓，年久成了精怪；牠把老太婆吃掉，又幻變成她的形狀去害人。

㉒「貓鬼」　《北史・獨孤信傳》中記有貓鬼殺人的情節：「陁性好左道，其外祖母高氏先事貓鬼，已殺其舅郭沙羅，因轉入其家。……每以子日夜祀之。言子者，鼠也。其貓鬼每殺人者，所死家財物潛移於畜貓鬼家。」

㉓「八戒招贅」　指豬八戒在高老莊入贅高太公家的故事，見於《西遊記》第十八回。

㉔「老鼠成親」　舊時江浙一帶的民間傳說：夏曆正月十四日的半夜是老鼠成親的日期。

㉕「慰情聊勝無」　語出陶淵明詩《和劉柴桑》：「弱女雖非男，慰情良勝無。」

阿長與《山海經》①

長媽媽②，已經說過，是一個一向帶領著我的女工，說得闊氣一點，就是我的保母。我的母親和許多別的人都這樣稱呼她，似乎略帶些客氣的意思。只有祖母叫她阿長。我平時叫她「阿媽」，連「長」字也不帶；但到憎惡她的時候，——例如知道了謀死我那隱鼠的卻是她的時候，就叫她阿長。

我們那裡沒有姓長的；她生得黃胖而矮，「長」也不是形容詞。又不是她的名字，記得她自己說過，她的名字是叫作什麼姑娘的。什麼姑娘，我現在已經忘卻了，總之不是長姑娘；也終於不知道她姓什麼。記得她也曾告訴過我這個名稱的來歷：先前的先前，我家有一個女工，身材生得很高大，這就是真阿長。後來她回去了，我那什麼姑娘才來補她的缺，然而大家因爲叫慣了，沒有再改口，於是她從此也就成爲長媽媽了。

雖然背地裡說人長短不是好事情，但倘使要我說句真心話，我可只得說：我實在不大佩服她。最討厭的是常喜歡切切察察，向人們低聲絮說些什麼事，還豎起第二個手指，在空中上下搖動，或者點著對手或自己的鼻尖。我的家裡一有些小風波，不知怎的我總疑心和這「切切察察」有些關係。又不許我走動，拔一株草，翻一塊石頭，就說我頑皮，要告訴我的母親去了。一到夏天，睡覺時她又伸開兩腳兩手，在床中間擺成一個「大」字，擠得我沒有餘地翻身，久睡在一角的席子上，又已經烤得那麼熱。推她呢，不動；叫她呢，也不聞。

「長媽媽生得那麼胖，一定很怕熱罷？晚上的睡相，怕不見得很好罷？……」

母親聽到我多回訴苦之後，曾經這樣地問過她。我也知道這意思是要她多給我一些空席。她不開口。但到夜裡，我熱得醒來的時候，卻仍然看見滿床擺著一個「大」字，一條臂膊還擱在我的頸子上。我想，這實在是無法可想了。

但是她懂得許多規矩；這些規矩，也大概是我所不耐煩的。一年中最高興的時節，自然要數除夕了。辭歲之後，從長輩得到壓歲錢，紅紙包著，放在枕邊，只要過一宵，便可以隨意使用。睡在枕上，看著紅包，想到明天買來的小鼓，刀槍，泥人，糖菩薩……。然而她進來，又將一個福橘③放在床頭了。

「哥兒，你牢牢記住！」她極其鄭重地說。「明天是正月初一，清早一睜開眼睛，第一句話就得對我說：『阿媽，恭喜恭喜！』記得麼？你要記著，這是一年的運氣的事情。不許說別的話！說過之後，還得吃一點福橘。」她又拿起那橘子來在我的眼前搖了兩搖，「那麼，一年到頭，順順流流……。」

夢裡也記得元旦的，第二天醒得特別早，一醒，就要坐起來。她卻立刻伸出臂膊，一把將我按住，我驚異地看她時，只見她惶急地看著我。

她又有所要求似的，搖著我的肩。我忽而記得了——「阿媽，恭喜……。」

「恭喜恭喜！大家恭喜！真聰明！恭喜恭喜！」她於是十分喜歡似的，笑將起來，同時將一點冰冷的東西，塞在我的嘴裡。我大吃一驚之後，也就忽而記得，這就是所謂福橘，元旦劈頭的磨難，總算已經受完，可以下床玩耍去了。

她教給我的道理還很多，例如說人死了，不該說死掉，必須說「老掉了」；死了人，生了孩子的屋子裡，不應該走進去；飯粒落在地上，必須揀起來，最好是吃下去；晒褲子用的竹竿底下，是萬不可鑽過去的……。此外，現在大抵忘卻了，只有元旦的古怪儀式記得最清楚。總之：都是些煩瑣之至，至今想起來還覺得非常麻煩的事情。

然而我有一時也對她發生過空前的敬意。她常常對我講「長毛」④。她之所謂「長毛」者，不但洪秀全軍，似乎連後來一切土匪強盜都在內，但除卻革命黨，因爲那時還沒有。她說得長毛非常可怕，他們的話就聽不懂。她說先前長毛進城的時候，我家全都逃到海邊去了，只留一個門房和年老的煮飯老媽子看家。後來長毛果然進門來了，那老媽子便叫他們「大王」，——據說對長毛就應該這樣叫，——訴說自己的飢餓。長毛笑道：「那麼，這東西就給你吃了罷！」將一個圓圓的東西擲了過來，還帶著一條小辮子，正是那門房的頭。煮飯老媽子從此就駭破了膽，後來一提起，還是立刻面如土色，自己輕輕地拍著胸脯道：「啊呀，駭死我了，駭死我了……。」

我那時似乎倒並不怕，因爲我覺得這些事和我毫不相干的，我不是一個門房。但她大概也即覺到了，說道：「像你似的小孩子，長毛也要擄的，擄去做小長毛。還有好看的姑娘，也要擄。」

「那麼，你是不要緊的。」我以爲她一定最安全了，既不做門房，又不是小孩子，也生得不好看，況且頸子上還有許多灸瘡疤。

「那裡的話?!」她嚴肅地說。「我們就沒有用麼?我們也要被擄去。城外有兵來攻的時候，長毛就叫我們脫下褲子，一排一排地站在城牆上，外面的大炮就放不出來；再要放，就炸了！」

這實在是出於我意想之外的，不能不驚異。我一向只以爲她滿肚子是麻煩的禮節罷了，卻不料她還有這樣偉大的神力。從此對於她就有了特別的敬意，似乎實在深不可測；夜間的伸開手腳，占領全床，那當然是情有可原的了，倒應該我退讓。

這種敬意，雖然也逐漸淡薄起來，但完全消失，大概是在知道她謀害了我的隱鼠之後。那時就極嚴重地詰問，而且當面叫她阿長。我想我又不真做小長毛，不去攻城，也不放炮，更不怕炮炸，我懼憚她什麼呢！

但當我哀悼隱鼠，給牠復仇的時候，一面又在渴慕著繪圖的《山海經》⑤了。這渴慕是從一個遠房的叔祖⑥惹起來的。他是一個胖胖的，和藹的老人，愛種一點花木，如珠蘭，茉莉之類，還有極其少見的，據說從北邊帶回去的馬纓花。他的太太卻正相反，什麼也莫名其妙，曾將晒衣服的竹竿擱在珠蘭的枝條上，枝折了，還要憤憤地咒罵道：「死屍！」這老人是個寂寞者，因爲無人可談，就很愛和孩子們往來，有時簡直稱我們爲「小友」。在我們聚族而居的宅子裡，只有他書多，而且特別。制藝和試帖詩⑦，自然也是有的；但我卻只在他的書齋裡，看見過陸璣的《毛詩草木鳥獸蟲魚疏》⑧，還有許多名目很生的書籍。我那時最愛看的是《花鏡》⑨，上面有許多圖。他說給我聽，曾經有過一部繪圖的《山海經》，畫著人面的獸，九頭的蛇，三腳的鳥，生著翅膀的人，沒有頭而以兩乳當作眼睛的怪物，……可惜現在不知道放在那裡了。

我很願意看看這樣的圖畫，但不好意思力逼他去尋找，他是很疏懶的。問別人呢，誰也不肯真實地回答我。壓歲錢還有幾百文，買罷，又沒有好機會。有書買的大街離我家遠得很，我一年中只能在正月間去玩一趟，那時候，兩家書店都緊緊地關著門。

玩的時候倒是沒想什麼的，但一坐下，我就記得繪圖的《山海經》。

大概是太過於念念不忘了，連阿長也來問《山海經》是怎麼一回事。這是我向來沒有和她說過的，我知道她並非學者，說了也無益；但既然來問，也就都對她說了。

過了十多天，或者一個月罷，我還很記得，是她告假回家以後的四五天，她穿著新的藍布衫回來了，一見面，就將一包書遞給我，高興地說道：

「哥兒，有畫兒的『三哼經』，我給你買來了！」

我似乎遇著了一個霹靂，全體都震悚起來；趕緊去接過來，打開紙包，是四本小小的書，略略一翻，人面的獸，九頭的蛇，……果然都在內。

這又使我發生新的敬意了，別人不肯做，或不能做的事，她卻能夠做成功。她確有偉大的神力。謀害隱鼠的怨恨，從此完全消滅了。

這四本書，乃是我最初得到，最爲心愛的寶書。

書的模樣，到現在還在眼前。可是從還在眼前的模樣來說，卻是一部刻印都十分粗拙的本子。紙張很黃；圖像也很壞，甚至於幾乎全用直線湊合，連動物的眼睛也都是長方形的。但那是我最爲心愛的寶書，看起來，確是人面的獸；九頭的蛇；一腳的牛；袋子似的帝江⑩；沒有頭而「以乳爲目，以臍爲口」，還要「執干戚而舞」的刑天⑪。

此後我就更其搜集繪圖的書，於是有了石印的《爾雅音圖》和《毛詩品物圖考》⑫，又有了《點石齋叢畫》和《詩畫舫》⑬。《山海經》也另買了一部石印的，每卷都有圖贊，綠色的畫，字是紅的，比那木刻的精緻得多了。這一部直到前年還在，是縮印的郝懿行⑭疏。木刻的卻已經記不清是什麼時候失掉了。

我的保母，長媽媽即阿長，辭了這人世，大概也有了三十年了罷。我終於不知道她的姓名，她的經歷；僅知道有一個過繼的兒子，她大約是青年守寡的孤孀。

仁厚黑暗的地母呵，願在你懷裡永安她的魂靈！

三月十日

注釋

①本篇最初發表於一九二六年三月二十五日《莽原》半月刊第一卷第六期。

②**長媽媽**　紹興東浦大門溇人。死於一八九九年（清光緒二十五年）四月。夫家姓余。文末提及她「過繼的兒子」名五九，是一個裁縫。

③**福橘**　福建產的橘子；因帶有「福」字，爲取吉利，舊時江浙民間有在夏曆元旦早晨吃「福橘」的習俗。

④**「長毛」**　指洪秀全（1814-1864）領導的太平軍。爲了對抗清政府剃髮垂辮的法令，他們都留髮而

不結辮，因此被稱爲「長毛」。

⑤《山海經》　十八卷，約公元前四世紀至二世紀間的作品。內容主要是我國民間傳說中的地理知識，還保存了不少上古時代流傳下來的神話故事。魯迅稱之爲「古之巫書」。參看《中國小說史略‧神話與傳說》。

⑥遠房的叔祖　指周兆藍，字玉田，是個秀才。

⑦制藝和試帖詩　都是科舉考試規定的公式化詩文。制藝，即摘取「四書」「五經」中的文句命題、立論的八股文；試帖詩，大抵取古人詩句或成語命題，冠以「賦得」二字，並限韻腳，一般爲五言八韻。這裡指當時書坊刊印的八股文和試帖詩的範本。

⑧陸璣　字元恪，三國時吳國吳郡人。《毛詩草木鳥獸蟲魚疏》，二卷，是解釋《毛詩》中動植物名稱的書。《毛詩》即《詩經》，相傳爲西漢初毛亨、毛萇所傳，故稱《毛詩》。

⑨《花鏡》　即《秘傳花鏡》；是一部講述園圃花木的書。清代杭州人陳潤子著，一六八八年（清康熙二十七年）刊印。全書六卷，內分「花曆新栽」、「課花十八法」、「花木類考」、「藤蔓類考」、「花草類考」、「養禽鳥、獸畜、鱗介、昆蟲法」六門。

⑩帝江　《山海經》中能歌善舞的神鳥。《山海經‧西山經》說：「其狀如黃囊，赤如丹火，六足四翼，渾敦無面目。」

⑪刑天　《山海經》中的神話人物。《山海經‧海外西經》中說：「刑天至此與帝爭神，帝斷其首，葬之常羊之山；乃以乳爲目，以臍爲口，操干戚以舞。」干，盾牌；戚，大斧。都是古

代兵器。

⑫《爾雅音圖》　共三卷。《爾雅》是我國古代的辭書，作者不詳，大概是漢初的著作。《爾雅音圖》是宋人註明字音並加插圖的一種《爾雅》版本。一八〇一年（清嘉慶六年）曾燠曾翻刻元人所寫的影宋鈔繪圖本，一八八二年（清光緒八年）上海同文書局曾據以石印。《毛詩品物圖考》，共七卷，日本岡元鳳作。是把《毛詩》中的動植物等畫出圖像並加簡明考證的書。一七八四年（日本天明四年，即清乾隆四十九年）出版。

⑬《點石齋叢畫》　共十卷，是一部彙輯中國畫家作品的畫譜，其中也收有日本畫家的作品，尊聞閣主人編；一八八五年（清光緒十一年）上海點石齋書局石印。《詩畫舫》，畫譜名。彙印明代隆慶、萬曆年間畫家的作品，分山水、人物、花鳥、草蟲、四友、扇譜六卷。一八七九年（清光緒五年）上海點石齋書局曾翻印。

⑭郝懿行（1757-1825）　字蘭皋，山東棲霞人。清代經學家。著有《爾雅義疏》、《山海經箋疏》及《易說》、《春秋說略》等。

《二十四孝圖》①

我總要上下四方尋求，得到一種最黑，最黑，最黑的咒文，先來詛咒一切反對白話，妨害白話者。即使人死了真有靈魂，因這最惡的心，應該墮入地獄，也將決不改悔，總要先來詛咒一切反對白話，妨害白話者。

自從所謂「文學革命」②以來，供給孩子的書籍，和歐、美、日本的一比較，雖然很可憐，但總算有圖有說，只要能讀下去，就可以懂得的了。可是一班別有心腸的人們，便竭力來阻遏它，要使孩子的世界中，沒有一絲樂趣。北京現在常用「馬虎子」這一句話來恐嚇孩子們。或者說，那就是「開河記」③上所載的，給隋煬帝開河，蒸死小兒的麻叔謀；正確地寫起來，須是「麻胡子」。那麼，這麻叔謀乃是胡人④了。但無論他是甚麼人，他的吃小孩究竟也還有限，不過盡他的一生。妨害白話者的流毒卻甚於洪水猛獸，非常廣大，也非常長久，能使全中國化成一個麻胡，凡有孩子都死在他肚子裡。

只要對於白話來加以謀害者，都應該滅亡！

這些話，紳士們自然難免要掩住耳朵的，因為就是所謂「跳到半天空，罵得體無完膚，——還不肯罷休。」⑤而且文士們一定也要罵，以為大悖於「文格」，亦即大損於「人格」。豈不是「言者心聲也」⑥麼？「文」和「人」當然是相關的，雖然人間世本來千奇百怪，教授們中也有「不尊敬」作者的人格而不能「不說他的小說好」⑦的特別種族。但這些我都不管，因為我幸而還沒有爬上「象牙之塔」⑧去，正無須怎樣小心。倘若無意中竟已撞上了，那就即刻跌下來罷。

然而在跌下來的中途，當還未到地之前，還要說一遍：只要對於白話來加以謀害者，都應該滅亡！

每看見小學生歡天喜地地看著一本粗拙的《兒童世界》⑨之類，另想到別國的兒童用書的精美，自然要覺得中國兒童的可憐。但回憶起我和我的同窗小友的童年，卻不能不以爲他幸福，給我們的永逝的韶光一個悲哀的弔唁。我們那時有什麼可看呢，只要略有圖畫的本子，就要被塾師，就是當時的「引導青年的前輩」禁止，呵斥，甚而至於打手心。我的小同學因爲專讀「人之初性本善」⑩讀得要枯燥而死了，只好偷偷地翻開第一頁，看那題著「文星高照」四個字的惡鬼一般的魁星⑪像，來滿足他幼稚的愛美的天性。昨天看這個，今天也看這個，然而他們的眼睛裡還閃出甦醒和歡喜的光輝來。

在書塾以外，禁令可比較的寬了，但這是說自己的事，各人大概不一樣。我能在大眾面前，冠冕堂皇地閱看的，是《文昌帝君陰騭文圖說》⑫和《玉曆鈔傳》⑬，都畫著冥冥之中賞善罰惡的故事，雷公電母站在雲中，牛頭馬面佈滿地下，不但「跳到半天空」是觸犯天條的，即使半語不合，一念偶差，也都得受相當的報應。這所報的也並非「睚眦之怨」⑭，因爲那地方是鬼神爲君，「公理」作宰，請酒下跪，全都無功，簡直是無法可想。在中國的天地間，不但做人，便是做鬼，也艱難極了。然而究竟很有比陽間更好的處所：無所謂「紳士」，也沒有「流言」。

陰間，倘要穩妥，是頌揚不得的。尤其是常常好弄筆墨的人，在現在的中國，流言的治下，而又大談「言行一致」⑮的時候。前車可鑒，聽說阿爾志跋綏夫⑯曾答一個少女的質問說，「惟有在人生的事實這本身中尋出歡喜者，可以活下去。倘若在那裡什麼也不見，他們其實倒不如死。」於是乎有一個叫作密哈羅夫的，寄信嘲罵他道，「……所以我完全誠實地勸你自殺來禍福你自己的生命，因為這第一是合於邏輯，第二是你的言語和行為不至於背馳。」

其實這論法就是謀殺，他就這樣地在他的人生中尋出歡喜來。阿爾志跋綏夫只發了一大通牢騷，沒有自殺。密哈羅夫先生後來不知道怎樣，這一個歡喜失掉了，或者另外又尋到了「什麼」了罷。誠然，「這些時候，勇敢，是安穩的；情熱，是毫無危險的。」

然而，對於陰間，我終於已經頌揚過了，無法追改；雖有「言行不符」之嫌，但確沒有受過閻王或小鬼的半文津貼，則差可以自解。總而言之，還是仍然寫下去罷：

我所看的那些陰間的圖畫，都是家藏的老書，並非我所專有。我所收得的最先的畫圖本子，是一位長輩的贈品：《二十四孝圖》⑰。這雖然不過薄薄的一本書，但是下圖上說，鬼少人多，又為我一人所獨有，使我高興極了。那裡面的故事，似乎是誰都知道的；便是不識字的人，例如阿長，也只要一看圖畫便能夠滔滔地講出這一段的事跡。但是，我於高興之餘，接著就是掃興，因為我請人講完了二十四個故事之後，才知道「孝」有如此之難，對於先前癡心妄想，想做孝子的計劃，完全絕望了。

「人之初，性本善」麼？這並非現在要加研究的問題。但我還依稀記得，我幼小時候實未嘗蓄意忤逆，對於父母，倒是極願意孝順的。不過年幼無知，只用了私見來解釋「孝順」的做法，以為無非是「聽話」，「從命」，以及長大之後，給年老的父母好好地吃飯罷了。自從得了這一本孝子的教科書以後，才知道並不然，而且還要難到幾十幾百倍。其中自然也有可以勉力仿效的，如「子路負米」⑱，「黃香扇枕」⑲之類。「陸績懷橘」⑳也並不難，只要有闊人請我吃飯。「魯迅先生作賓客而懷橘乎？」我便跪答云，「吾母性之所愛，欲歸以遺母。」闊人大佩服，於是孝子就做穩了，也非常省事。「哭竹生筍」㉑就可疑，怕我的精誠未必會這樣感動天地。但是哭不出筍來，還不過拋臉而已，一到「臥冰求鯉」㉒，可就有性命之虞了。我鄉的天氣是溫和的，嚴冬中，水面也只結一層薄冰，即使孩子的重量怎樣小，躺上去，也一定嘩喇一聲，冰破落水，鯉魚還不及游過來。自然，必須不顧性命，這才孝感神明，會有出乎意料之外的奇蹟，但那時我還小，實在不明白這些。

其中最使我不解，甚至於發生反感的，是「老萊娛親」㉓和「郭巨埋兒」㉔兩件事。

我至今還記得，一個躺在父母跟前的老頭子，一個抱在母親手上的小孩子，是怎樣地使我發生不同的感想呵。他們一手都拿著「搖咕咚」。這玩意兒確是可愛的，北京稱為小鼓，蓋即鼗也，朱熹㉕曰，「鼗，小鼓，兩旁有耳；持其柄而搖之，則旁耳還自擊，」咕咚咕咚地響起來。然而這東西是不該拿在老萊子手裡的，他應該扶一枝拐杖。現在這模樣，簡直是裝佯，侮辱了孩子。我沒有再看第二回，一到這一頁，便急速地翻過去了。

那時的《二十四孝圖》，早已不知去向了，目下所有的只是一本日本小田海僊㉖所畫的本子，敘老萊子事云，「行年七十，言不稱老，常著五色斑斕之衣，為嬰兒戲於親側。又常取水上堂，詐跌仆地，作嬰兒啼，以娛親意。」大約舊本也差不多，而招我反感的便是「詐跌」。無論忤逆，無論孝順，小孩子多不願意「詐」作，聽故事也不喜歡是謠言，這是凡有稍稍留心兒童心理的都知道的。

然而在較古的書上一查，卻還不至於如此虛僞。師覺授㉗《孝子傳》云，「老萊子……常著斑斕之衣，爲親取飲，上堂腳跌，恐傷父母之心，僵仆爲嬰兒啼。」（《太平御覽》㉘四百十三引）較之今說，似稍近於人情。不知怎地，後之君子卻一定要改得他「詐」起來，心裡才能舒服。鄧伯道棄子救侄㉙，想來也不過「棄」而已矣，昏妄人也必須說他將兒子捆在樹上，使他追不上來才肯歇手。正如將「肉麻當作有趣」一般，以不情爲倫紀㉚，誣蔑了古人，教壞了後人。老萊子即是一例，道學先生㉛以爲他白璧無瑕時，他卻已在孩子的心中死掉了。

至於玩著「搖咕咚」的郭巨的兒子，卻實在值得同情。他被抱在他母親的臂膊上，高高興興地笑著；他的父親卻正在掘窟窿，要將他埋掉了。說明云，「漢郭巨家貧，有子三歲，母嘗減食與之。巨謂妻曰，貧乏不能供母，子又分母之食。盍埋此子？」但是劉向㉜《孝子傳》所說，卻又有些不同：巨家是富的，他都給了兩弟；孩子是才生的，並沒有到三歲。結末又大略相像了，「及掘坑二尺，得黃金一釜，上云：天賜郭巨，官不得取，民不得奪！」

我最初實在替這孩子捏一把汗，待到掘出黃金一釜，這才覺得輕鬆。然而我已經不但自己不敢再想做孝子，並且怕我父親去做孝子了。家景正在壞下去，常聽到父母愁柴米；祖母又老了，倘使我的父親竟學了郭巨，那麼，該埋的不正是我麼？如果一絲不走樣，也掘出一釜黃金來，那自然是如天之福，但是，那時我雖然年紀小，似乎也明白天下未必有這樣的巧事。

現在想起來，實在很覺得傻氣。這是因爲現在已經知道了這些老玩意，本來誰也不實行。整飭倫紀的文電是常有的，卻很少見紳士赤條條地躺在冰上面，將軍跳下汽車去負米。何況現在早長大了，看過幾部古書，買過幾本新書，什麼《太平御覽》咧，《古孝子傳》㉝咧，《人口問題》咧，《節制生育》咧，《二十世紀是兒童的世界》咧，可以抵抗被埋的理由多得很。不過彼一時，此一時，彼時我委實有點害怕：掘好深坑，不見黃金，連「搖咕咚」一同埋下去，蓋上土，踏得實實的，又有什麼法子可想呢。我想，事情雖然未必實現，但我從此總怕聽到我的父母愁窮，怕看見我的白髮的祖母，總覺得她是和我不兩立，至少，也是一個和我的生命有些妨礙的人。後來這印象日見其淡了，但總有一些留遺，一直到她去世——這大概是送給《二十四孝圖》的儒者所萬料不到的罷。

五月十日

注釋

①本篇最初發表於一九二六年五月二十五日《莽原》半月刊第一卷第十期。

②「文學革命」　「五四」時期反對舊文學、提倡新文學的運動。文學革命問題的討論，一九一七年在《新青年》雜誌上初步展開。五四運動爆發以後，它成爲新文化革命的一部分，在無產階級思想領導下，對封建勢力所維護的舊文學和文言文進行了猛烈的鬥爭。

③《開河記》　傳奇小說，宋代人作。記隋煬帝令麻叔謀開掘卞渠的故事，其中有麻叔謀蒸食

小孩的傳說。

④參看本書《後記》第一段。

⑤「跳到半天空」等語，是陳西瀅在一九二六年一月三十日《晨報副刊》發表的《致志摩》中攻擊魯迅的話：「他常常的無故罵人，……可是要是有人侵犯了他一言半語，他就跳到半天空，罵得你體無完膚——還不肯罷休。」

⑥**「言者心聲也」**　語出漢代揚雄《法言・問神》：「故言，心聲也。」意思是說，語言和文章是人的思想的表現。

⑦**不能「不說他的小說好」**　陳西瀅在《現代評論》第三卷第七十一期（一九二六年四月十七日）的《閒話》中說：「我不能因爲我不尊敬魯迅先生的人格，就不說他的小說好，我也不能因爲佩服他的小說，就稱讚他其餘的文章。」

⑧**「象牙之塔」**　最初是法國文藝批評家聖佩韋（1804-1864）評論同時代消極浪漫主義詩人維尼（1797-1863）的用語，後用以比喻脫離現實生活的藝術家的小天地。

⑨**《兒童世界》**　一種供高小程度兒童閱讀的周刊（**後改半月刊**）。內容分詩歌、童話、故事、謎語、笑話和兒童創作等，上海商務印書館編印，一九二二年一月創刊，一九三七年八月停刊。

⑩**「人之初性本善」**　舊時學塾通用的初級讀物《三字經》的首二句。

⑪**魁星**　奎星的俗稱，原是我國古代天文學中二十八宿之一；最初在漢代人的緯書《孝經援

神契》中有「奎主文昌」的說法，後來被附會爲主宰科名和文運興衰的神。魁星像略似「魁」字字形，一手執筆，一手持墨斗，上身前傾，一腳後翹，好像正在用筆點定誰將在科舉中考中的樣子。舊時學塾初級讀物的扉頁上常刊有魁星像。

⑫《文昌帝君陰騭文圖說》　據迷信傳說，晉時四川人張亞，死後成爲掌管人間功名祿籍的神道，稱文昌帝君。《陰騭文圖說》，相傳爲張亞所作，是一部宣傳因果報應，散布封建迷信的畫集。陰騭，即陰德。

⑬《玉歷鈔傳》　全稱《玉歷至寶鈔傳》，是一部宣傳迷信的書，題稱宋代「淡癡道人夢中得授，弟子勿迷道人鈔錄傳世」，序文說它是「地藏王與十殿閻君，憫地獄之慘，奏請天帝，傳《玉歷》以警世」。共八章，第二章《〈玉歷〉之圖像》，即所謂十殿閻王地獄輪迴等圖像。

⑭「睚眦之怨」　語見《史記·范睢傳》：「一飯之德必償，睚眦之怨必報。」睚眦之怨，意即小小的仇恨。陳西瀅在《現代評論》第三卷第七十期（一九二六年四月十日）發表《楊德群女士事件》一文，以答覆女師大學生雷榆等五人爲楊德群辯誣的信，其中暗指魯迅說：「因爲那『楊女士不大願意去』一句話，有些人在許多文章裡就說我的罪狀比執政府衛隊還大！比軍閥還凶！……不錯，我曾經有一次在生氣的時候揭穿過有些人的真面目，可是，難道四五十個死者的冤可以不雪，睚眦之仇卻不可不報嗎？」後文提到「『公理』作宰，請酒下跪」，也是對陳西瀅、楊蔭榆等互相勾結的嘲諷。

⑮大談「言行一致」　陳西瀅在《現代評論》第三卷第五十九期（一九二六年一月二十三日）《閒話》中曾說：「言行不相顧本沒有多大稀罕，世界上多的是這樣的人。講革命的做官僚，講言論自由的燒報館」。這裡說的「做官僚」，是指魯迅在教育部任職；「燒報館」，指一九二五年十一月二十九日，北京群眾在反對段祺瑞的示威中燒毀晨報（當時統治集團研究系的報紙）館的事件。

⑯阿爾志跋綏夫（M. Л. Арцыбашев, 1878-1927）　俄國小說家。十月革命後於一九二三年逃亡國外，死於華沙。著有長篇小說《沙寧》、中篇小說《工人綏惠略夫》等。

⑰《二十四孝圖》　《二十四孝》，元代郭居敬編，內容是輯錄古代所傳二十四個孝子的故事。後來的印本都配上圖畫，通稱《二十四孝圖》，是舊時宣揚封建孝道的通俗讀物。

⑱「子路負米」　子路，姓仲名由，春秋時魯國卞（在今山東泗水）人。孔丘的學生。《孔子家語・致思》中，子路自述「事二親之時，常食藜藿之實，爲親負米百里之外」。

⑲「黃香扇枕」　黃香，東漢安陸（在今湖北）人。九歲喪母，《東觀漢記》中說他對父親「盡心供養，……，暑即扇床枕，寒即以身溫席」。

⑳「陸績懷橘」　陸績，三國時吳國吳縣華亭（今上海市松江）人。科學家。《三國志・吳書・陸績傳》說他「年六歲，於九江見袁術。術出橘，績懷三枚，去，拜辭墮地，術謂曰：『陸郎作賓客而懷橘乎？』績跪答曰：『歸欲遺母。』術大奇之」。

㉑「哭竹生筍」　三國時吳國孟宗的故事。唐代白居易編的《白氏六帖》中說：「孟宗後母好

筍，令宗冬月求之，宗入竹林慟哭，筍之爲出。」

㉒「卧冰求鯉」　晉代王祥的故事。《晉書·王祥傳》說他的後母「常欲生魚，時天寒冰凍，祥解衣將剖冰求之，冰忽自解，雙鯉躍出，持之而歸」。

㉓「老萊娛親」　老萊，傳說是春秋時楚國人。《藝文類聚·人部》記有他七十歲時穿五色彩衣詐跌「娛親」的故事。

㉔「郭巨埋兒」　郭巨，晉代隴盧（今河南林縣）人。《太平御覽》卷四一一引劉向《孝子圖》說：「郭巨，……甚富。父沒，分財二千萬爲兩，分與兩弟，己獨取母供養。……妻產男，盧舉之則妨供養，乃令妻抱兒，欲掘地埋之。於土中得金一釜，上有鐵券云：『賜孝子郭巨。』……遂得兼養兒。」

㉕朱熹（1130–1200）　字元晦，徽州婺源（在今江西）人。宋代理學家。這裡的一段話，原是漢代鄭玄關於《周禮·春官·小師》的注釋，後被朱熹用作他的《論語集注·微子》中「播鼗武入於漢」一句的注釋。

㉖小田海僊（1785–1862）　日本江戶幕府末期的文人畫家。他畫的《二十四孝圖》是一八四四年（日本天保十四年，即清道光二十四年）的作品，曾收入上海點石齋書局印行的《點石齋叢畫》。

㉗師覺授　南朝宋涅陽（今河南鎮平南）人。他所著的《孝子傳》八卷，已散佚；有清代黃奭輯本，收入《漢學堂叢書》中。

㉘《太平御覽》　類書名。宋太平興國二年（977）李昉等奉敕撰；初名《太平總類》，書成後經太宗閱覽，因名《太平御覽》。全書一千卷，分五十五門，所引書籍共一六九〇種，其中不少現已散佚。

㉙鄧伯道棄子救侄　鄧伯道，名攸，晉代平陽襄陵（在今山西）人。據《晉書・鄧攸傳》載，石勒攻晉的戰亂中，他全家出外逃難，途中曾棄子救侄。

㉚倫紀　即倫常、綱紀，指封建道德規定的人與人之間應該遵守的相互關係準則。

㉛道學先生　道學，又稱理學，即宋代程顥、程頤、朱熹等人闡釋儒家學說而形成的唯心主義思想體系，當時稱爲道學。道學先生，即指信奉和宣揚這種學說的人。

㉜劉向（公元前77－前6）　字子政，西漢沛（今江蘇沛縣）人。經學家、文學家。他作的《孝子傳》已亡佚，有清代黃奭的輯本，收入《漢學堂叢書》；又有茅泮林的輯本，收入《梅瑞軒十種古逸書》。

㉝《古孝子傳》　清代茅泮林編，是從「類書」中輯錄劉向、蕭廣濟、王歆、王韶之、周景式、師覺授、宋躬、虞盤佑、鄭緝等已散佚的《孝子傳》成書，收入《梅瑞軒十種古逸書》中。

五猖會①

孩子們所盼望的，過年過節之外，大概要數迎神賽會②的時候了。但我家的所在很偏僻，待到賽會的行列經過時，一定已在下午，儀仗之類，也減而又減，所剩的極其寥寥。往往伸著頸子等候多時，卻只見十幾個人抬著一個金臉或藍臉紅臉的神像匆匆地跑過去。於是，完了。

我常存著這樣的一個希望：這一次所見的賽會，比前一次繁盛些。可是結果總是一個「差不多」；也總是只留下一個紀念品，就是當神像還未抬過之前，花一文錢買下的，用一點爛泥，一點顏色紙，一枝竹籤和兩三枝雞毛所做的，吹起來會發出一種刺耳的聲音的哨子，叫作「吹都都」的，吡吡地吹它兩三天。

現在看看《陶庵夢憶》③，覺得那時的賽會，真是豪奢極了，雖然明人的文章，怕難免有些誇大。因爲禱雨而迎龍王，現在也還有的，但辦法卻已經很簡單，不過是十多人盤旋著一條龍，以及村童們扮些海鬼。那時卻還要扮故事，而且實在奇拔得可觀。他記扮《水滸傳》④中人物云：「……於是分頭四出，尋黑矮漢，尋梢長大漢，尋頭陀⑤，尋胖大和尚，尋茁壯婦人，尋姣長婦人，尋青面，尋歪頭，尋赤鬚，尋美髯，尋黑大漢，尋赤臉長鬚。大索城中；無，則之郭，之村，之山僻，之鄰府州縣。用重價聘之，得三十六人，梁山泊好漢，個個呵活，臻臻至至⑥，人馬稱娖⑦而行。……」這樣的白描的活古人，誰能不動一看的雅興呢？可惜這種盛舉，早已和明社⑧一同消滅了。

賽會雖然不像現在上海的旗袍⑨，北京的談國事⑩，爲當局所禁止，然而婦孺們是不許看的，讀書人即所謂士子，也大抵不肯趕去看。只有遊手好閒的閒人，這才跑到廟前或衙門前去看熱鬧；我關於賽會的知識，多半是從他們的敘述上得來的，並非考據家所貴重的「眼學」⑪。然而記得有一回，也親見過較盛的賽會。開首是一個孩子騎馬先來，稱爲「塘報」⑫。過了許久，「高照」⑬到了，長竹竿揭起一條很長的旗，一個汗流浹背的胖大漢用兩手托著；他高興的時候，就肯將竿頭放在頭頂或牙齒上，甚而至於鼻尖。其次是所謂「高蹺」，「抬閣」，「馬頭」⑭了；還有扮犯人的，紅衣枷鎖，內中也有孩子。我那時覺得這些都是有光榮的事業，與聞其事的即全是大有運氣的人，——大概羨慕他們的出風頭罷。我想，我爲什麼不生一場重病，使我的母親也好到廟裡去許下一個「扮犯人」的心願的呢？……然而我到現在終於沒有和賽會發生關係過。

要到東關⑮看五猖會去了。這是我兒時所罕逢的一件盛事。因爲那會是全縣中最盛的會，東關又是離我家很遠的地方，出城還有六十多里水路，在那裡有兩座特別的廟。一是梅姑廟，就是《聊齋誌異》⑯所記，室女守節，死後成神，卻篡取別人的丈夫的；現在神座上確塑著一對少年男女，眉開眼笑，殊與「禮教」有妨。其一便是五猖廟了，名目就奇特。據有考據癖的人說：這就是五通神⑰。然而也並無確據。神像是五個男人，也不見有什麼猖獗之狀；後面列坐著五位太太，卻並不「分坐」，遠不及北京戲園裡界限之謹嚴。其實呢，這也是殊與「禮教」有妨的，——但他們既然是五猖，便也無法可想，而且自然也就「又作別論」了。

因爲東關離城遠，大清早大家就起來。昨夜預定好的三道明瓦窗的大船，已經泊在河埠頭，船椅，飯菜，茶炊，點心盒子，都在陸續搬下去了。我笑著跳著，催他們要搬得快。忽然，工人的臉色很謹肅了，我知道有些蹊蹺，四面一看，父親就站在我背後。

「去拿你的書來。」他慢慢地說。

這所謂「書」，是指我開蒙時候所讀的《鑒略》⑱，因爲我再沒有第二本了。我們那裡上學的歲數是多揀單數的，所以這使我記住我其時是七歲。

我忐忑著，拿了書來了。他使我同坐在堂中央的桌子前，教我一句一句地讀下去。我擔著心，一句一句地讀下去。

兩句一行，大約讀了二三十行罷，他說：

「給我讀熟。背不出，就不准去看會。」

他說完，便站起來，走進房裡去了。

我似乎從頭上澆了一盆冷水。但是，有什麼法子呢？自然是讀著，讀著，強記著，——而且要背出來。

粵自盤古，生於太荒，

首出御世，肇開混茫。

就是這樣的書，我現在只記得前四句，別的都忘卻了；那時所強記的二三十行，自然也一齊忘卻在裡面了。記得那時聽人說，讀《鑒略》比讀《千字文》，《百家姓》⑲有用得多，因爲可以知道從古到今的大概。知道從古到今的大概，那當然是很好的，然而我一字也不懂。「粵自盤古」就是「粵自盤古」，讀下去，記住它，「粵自盤古」呵！「生於太荒」呵！……

應用的物件已經搬完，家中由忙到亂轉成靜肅了。朝陽照著西牆，天氣很清朗。母親，工人，長媽媽即阿長，都無法營救，只默默地靜候著我讀熟，而且背出來。在百靜中，我似乎頭裡要伸出許多鐵鉗，將什麼「生於太荒」之流夾住；也聽到自己急急誦讀的聲音發著抖，彷彿深秋的蟋蟀，在夜中鳴叫似的。

他們都等候著；太陽也升得更高了。

我忽然似乎已經很有把握，便即站了起來，拿書走進父親的書房，一氣背將下去，夢似的就背完了。

「不錯。去罷。」父親點著頭，說。

大家同時活動起來，臉上都露出笑容，向河埠走去。工人將我高高地抱起，彷彿在祝賀我的成功一般，快步走在最前頭。

我卻並沒有他們那麼高興。開船以後，水路中的風景，盒子裡的點心，以及到了東關的五猖會的熱鬧，對於我似乎都沒有什麼大意思。

直到現在，別的完全忘卻，不留一點痕跡了，只有背誦《鑒略》這一段，卻還分明如昨日事。

我至今一想起，還詫異我的父親何以要在那時候叫我來背書。

五月二十五日

注釋

①本篇最初發表於一九二六年六月十日《莽原》半月刊第一卷第十一期。

②**迎神賽會**　舊時的一種迷信習俗，用儀仗鼓樂和雜戲迎神出廟，周遊街巷，以酬神祈福。

③**《陶庵夢憶》**　小品文集，八卷，明代張岱（號陶庵）著。本文所引見該書卷七《及時雨》條，記的是明崇禎五年（1632）七月紹興的祈雨賽會情況。

④**《水滸傳》**　長篇小說，明代施耐庵著。

⑤**頭陀**　梵語音譯。原爲佛教苦行，後用以稱遊方乞食的和尙。

⑥**臻臻至至**　齊備的意思。

⑦**稱**　行列整齊的樣子。

⑧**明社**　即明王朝。社，這裡指社稷，舊時用作國家的代稱。

⑨**上海的旗袍**　當時盤踞江浙等地的北洋直系軍閥孫傳芳認爲婦女穿了旗袍，與男子就沒有多大區別（那時男子通行穿長袍），是傷風敗俗的，因此曾下令禁止。

⑩**北京的談國事**　當時北京的軍閥爲了束縛人民的思想，壓制人民的反抗，禁止談論國事，因此飯鋪茶館等處都貼有「莫談國事」的紙條。

⑪**「眼學」**　語見北齊顏之推《顏氏家訓·勉學》：「談說制文，援引古昔，必須眼學，勿信耳受。」

⑫**「塘報」**　即驛報，古代驛站用快馬急行傳遞的公文。浙東一帶賽會時，由一個化裝的孩子

騎馬先行，預示賽會隊伍即將到來，也叫「塘報」。

⑬「高照」　高掛在長竹竿上的通告。「照」就是通告。紹興賽會中的「高照」長二三丈，用綢緞刺繡而成。

⑭「高蹺」　我國民間遊藝的一種，扮飾戲劇中某一角色的人，兩腳下各縛五六尺長的木棍，邊走邊表演。一般多扮演喜劇中的角色。「抬閣」，賽會中常見的一種遊藝，一個木製四方形的小閣，裡面有兩三個扮飾戲曲故事中人物的兒童，由成年人抬著遊行。「馬頭」，也是賽會中的遊藝，扮飾戲曲故事中人物的兒童騎在馬上遊行。

⑮東關　紹興舊屬的一個大集鎮，在紹興城東約六十里，今屬紹興地區上虞縣。

⑯《聊齋誌異》　短篇小說集，通行本爲十六卷。清代蒲松齡著。梅故事見於卷十四《金姑夫》篇：「會稽有梅姑祠，神故馬姓，族居東莞，未嫁而夫早死，遂矢志不醮，三旬而卒。族人祠之，謂之梅姑。丙申，上虞金生赴試經此，入廟徘徊，頗涉冥想。至夜，夢青衣來，傳梅姑命招之，從去。入祠，梅姑立候檐下，笑曰：『蒙君寵顧，實切依戀，不嫌陋拙，願以身爲姬侍。』金唯唯。梅姑送之曰：『君且去；設座成，當相迓耳。』醒而惡之。是夜，居人夢梅姑曰：『上虞金生，今爲吾婿，宜塑其像。』詰旦，村人語夢悉同。族長恐玷其貞，以故不從；未幾一家俱病，大懼，爲肖像於左。既成，金生告妻子曰：『梅姑迎我矣！』衣冠而死。妻痛恨，詣祠指女像穢罵，又升座批頰數四乃去。今馬氏呼爲金姑夫。」梅姑廟在宋代《嘉泰會稽志》中已有記載。

⑰**五通神**　舊時南方鄉村中供奉的妖邪之神。唐末已有香火，廟號「五通」。據傳爲兄弟五人，俗稱五聖。

⑱**《鑑略》**　清代王仕云著，是舊時學塾所用的一種初級歷史讀物，四言韻語，上起盤古，下迄明代弘光。

⑲**《千字文》**　舊時學塾所用的初級讀物。相傳是南朝梁代周興嗣作，用一千個不同的字編成四言韻語。《百家姓》，舊時學塾所用的識字讀本。北宋人作，將姓氏連綴爲四言韻語。

無常①

迎神賽會這一天出巡的神，如果是掌握生殺之權的，——不，這生殺之權四個字不大妥，凡是神，在中國彷彿都有些隨意殺人的權柄似的，倒不如說是職掌人民的生死大事的罷，就如城隍②和東岳大帝③之類，那麼，他的鹵簿④中間就另有一群特別的腳色：鬼卒，鬼王，還有活無常⑤。

這些鬼物們，大概都是由粗人和鄉下人扮演的。鬼卒和鬼王是紅紅綠綠的衣裳，赤著腳；藍臉，上面又畫些魚鱗，也許是龍鱗或別的什麼鱗罷，我不大清楚。鬼卒拿著鋼叉，叉環振得琅琅地響，鬼王拿的是一塊小小的虎頭牌。據傳說，鬼王是只用一隻腳走路的；但他究竟是鄉下人，雖然臉上已經畫上些魚鱗或者別的什麼鱗，卻仍然只得用了兩隻腳走路。所以看客對於他們不很敬畏，也不大留心，除了念佛老嫗和她的孫子們為面面圓到起見，也照例給他們一個「不勝屏營待命之至」⑥的儀節。

至於我們——我相信：我和許多人——所最願意看的，卻在活無常。他不但活潑而詼諧，單是那渾身雪白這一點，在紅紅綠綠中就有「鶴立雞群」之概。只要望見一頂白紙的高帽子和他手裡的破芭蕉扇的影子，大家就都有些緊張，而且高興起來了。

人民之於鬼物，惟獨與他最為稔熟，也最為親密，平時也常常可以遇見他。譬如城隍廟或東岳廟中，大殿後面就有一間暗室，叫作「陰司間」，在才可辨色的昏暗中，塑著各種鬼：吊死鬼，跌死鬼，虎傷鬼，科場鬼，……而一進門口所看見的長而白的東西就是他。我雖然也曾瞻仰過一回這

「陰司間」，但那時膽子小，沒有看明白。聽說他一手還拿著鐵索，因為他是勾攝生魂的使者。相傳樊江⑦東岳廟的「陰司間」的構造，本來是極其特別的：門口是一塊活板，人一進門，踏著活板的這一端，塑在那一端的他便撲過來，鐵索正套在你脖子上。後來嚇死了一個人，釘實了，所以在我幼小的時候，這就已不能動。

倘使要看個分明，那麼，《玉歷鈔傳》上就畫著他的像，不過《玉歷鈔傳》也有繁簡不同的本子的，倘是繁本，就一定有。身上穿的是斬衰凶服⑧，腰間束的是草繩，腳穿草鞋，項掛紙錠⑨；手上是破芭蕉扇，鐵索，算盤；肩膀是聳起的，頭髮卻披下來；眉眼的外梢都向下，像一個「八」字。頭上一頂長方帽，下大頂小，按比例一算，該有二尺來高罷；在正面，就是遺老遺少們所戴瓜皮小帽的綴一粒珠子或一塊寶石的地方，直寫著四個字道：「一見有喜」。有一種本子上，卻寫的是「你也來了」。這四個字，是有時也見於包公殿⑩的扁額上的，至於他的帽上是何人所寫，他自己還是閻羅王，我可沒有研究出。

《玉歷鈔傳》上還有一種和活無常相對的鬼物，裝束也相仿，叫作「死有分」。這在迎神時候也有的，但名稱卻訛作死無常了，黑臉，黑衣，誰也不愛看。在「陰司間」裡也有的，胸口靠著牆壁，陰森森地站著；那才真真是「碰壁」⑪。凡有進去燒香的人們，必須摩一摩他的脊梁，據說可以擺脫了晦氣；我小時也曾摩過這脊梁來，然而晦氣似乎終於沒有脫，——也許那時不摩，現在的晦氣還要重罷，這一節也還是沒有研究出。

我也沒有研究過小乘佛教⑫的經典，但據耳食之談，則在印度的佛經裡，焰摩天⑬是有的，牛首阿旁⑭也有的，都在地獄裡做主任。至於勾攝生魂的使者的這無常先生，卻似乎於古無徵，耳所習聞的只有什麼「人生無常」之類的話。大概這意思傳到中國之後，人們便將他具像化了。這實在是我們中國人的創作。

然而人們一見他，為什麼就都有些緊張，而且高興起來呢？

凡有一處地方，如果出了文士學者或名流，他將筆頭一扭，就很容易變成「模範縣」⑮。我的故鄉，在漢末雖曾經虞仲翔⑯先生揄揚過，但是那究竟太早了，後來到底免不了產生所謂「紹興師爺」⑰，不過也並非男女老小全是「紹興師爺」，別的「下等人」也不少。這些「下等人」，要他們發什麼「我們現在走的是一條狹窄險阻的小路，左面是一個廣漠無際的泥潭，右面也是一片廣漠無際的浮砂，前面是遙遙茫茫蔭在薄霧的裡面的目的地」⑱那樣熱昏似的妙語，是辦不到的，可是在無意中，看得往這「蔭在薄霧的裡面的目的地」的道路很明白：求婚、結婚，養孩子，死亡。但這自然是專就我的故鄉而言，若是「模範縣」裡的人民，那當然又作別論。他們——敝同鄉「下等人」——的許多，活著，苦著，被流言，被反噬，因了積久的經驗，知道陽間維持「公理」的只有一個會⑲，而且這會的本身就是「遙遙茫茫」，於是乎勢不得不發生對於陰間的神往。人是大抵自以為銜些冤抑的；活的「正人君子」們只能騙鳥⑳，若問愚民，他就可以不假思索地回答你：公正的裁判是在陰間！

想到生的樂趣，生固然可以留戀；但想到生的苦趣，無常也不一定是惡客。無論貴賤，無論貧富，其時都是「一雙空手見閻王」㉑，有冤的得伸，有罪的就得罰。然而雖說是「下等人」，也何嘗沒有反省？自己做了一世人，又怎麼樣呢？未曾「跳到半天空」麼？沒有「放冷箭」㉒麼？無常的手裡就拿著大算盤，你擺盡臭架子也無益。對付別人要滴水不羼的公理，對自己總還不如雖在陰司裡也還能夠尋到一點私情。然而那又究竟是陰間，閻羅天子㉓，牛首阿旁，還有中國人自己想出來的馬面㉔，都是並不兼差，真正主持公理的腳色，雖然他們並沒有在報上發表過什麼大文章。當還未做鬼之前，有時先不欺心的人們，遙想著將來，就又不能不想在整塊的公理中，來尋一點情面的末屑，這時候，我們的活無常先生便見得可親愛了，利中取大，害中取小，我們的古哲墨翟㉕先生謂之「小取」云。

在廟裡泥塑的，在書上墨印的模樣上，是看不出他那可愛來的。最好是去看戲。但看普通的戲也不行，必須看「大戲」或者「目連戲」㉖。目連戲的熱鬧，張岱㉗在《陶庵夢憶》上也曾誇張過，說是要連演兩三天。在我幼小時候可已經不然了，也如大戲一樣，始於黃昏，到次日的天明便完結。這都是敬神禳災的演劇，全本裡一定有一個惡人，次日的將近天明便是這惡人的收場的時候，「惡貫滿盈」，閻王出票來勾攝了，於是乎這活的活無常便在戲台上出現。

我還記得自己坐在這一種戲台下的船上的情形，看客的心情和普通是兩樣的。平常愈夜深愈懶散，這時卻愈起勁。他所戴的紙糊的高帽子，本來是掛在台角上的，這時預先拿進去了；一種特別樂器，也準備使勁地吹。這樂器好像喇叭，細而長，可有七八尺，大約是鬼物所愛聽的罷，和鬼無關的時候就不用；吹起來，Nhatu, nhatu, nhatututuu地響，所以我們叫它「目連嗐頭」㉘。

在許多人期待著惡人的沒落的凝望中，他出來了，服飾比畫上還簡單，不拿鐵索，也不帶算盤，就是雪白的一條莽漢，粉面朱唇，眉黑如漆，蹙著，不知道是在笑還是在哭。但他一出台就須打一百零八個嚏，同時也放一百零八個屁，這才自述他的履歷。可惜我記不清楚了，其中有一段大概是這樣：

「……

大王出了牌票，叫我去拿隔壁的癩子。
問了起來呢，原來是我堂房的阿侄。
生的是什麼病？傷寒，還帶痢疾。
看的是什麼郎中？下方橋的陳念義㉙la兒子。
開的是怎樣的藥方？附子，肉桂，外加牛膝。
第一煎吃下去，冷汗發出；
第二煎吃下去，兩腳筆直。
我道nga阿嫂哭得悲傷，暫放他還陽半刻。
大王道我是得錢買放，就將我捆打四十！」

這敘述裡的「子」字都讀作入聲。陳念義是越中的名醫，俞仲華曾將他寫入《蕩寇志》㉚裡，擬爲神仙；可是一到他的令郎，似乎便不大高明了。la者「的」也；「兒」讀若「倪」，倒是古音罷；nga者，「我的」或「我們的」之意也。

他口裡的閻羅天子彷彿也不大高明，竟會誤解他的人格，——不，鬼格。但連「還陽半刻」都知道，究竟還不失其「聰明正直之謂神」㉛。不過這懲罰，卻給了我們的活無常以不可磨滅的冤苦的印象，一提起，就使他更加蹙緊雙眉，捏定破芭蕉扇，臉向著地，鴨子浮水似的跳舞起來。

Nhatu, nhatu, nhatu - nhatu - nhatututuu！目連嗐頭也冤苦不堪似的吹著。

他因此決定了：

「難是弗放者個！

那怕你，銅牆鐵壁！

那怕你，皇親國戚！

……」

「難」者，「今」也；「者個」者「的了」之意，詞之決也。「雖有忮心，不怨飄瓦」㉜，他現在毫不留情了，然而這是受了閻羅老子的督責之故，不得已也。一切鬼眾中，就是他有點人情；我們不變鬼則已，如果要變鬼，自然就只有他可以比較的相親近。

我至今還確鑿記得，在故鄉時候，和「下等人」一同，常常這樣高興地正視過這鬼而人，理而情，可怖而可愛的無常；而且欣賞他臉上的哭或笑，口頭的硬語與諧談……。

迎神時候的無常，可和演劇上的又有些不同了。他只有動作，沒有言語，跟定了一個捧著一盤飯菜的小丑似的腳色走，他要去吃；他卻不給他。另外還加添了兩名腳色，就是「正人君子」㉝之所謂「老婆兒女」㉞。凡「下等人」，都有一種通病：常喜歡以己之所欲，施之於人。雖是對於鬼，也不肯給他孤寂，凡有鬼神，大概總要給他們一對一對地配起來。無常也不在例外。所以，一個是漂亮的女人，只是很有些村婦樣，大家都稱她無常嫂；這樣看來，無常是和我們平輩的，無怪他不擺教授先生的架子。一個是小孩子，小高帽，小白衣；雖然小，兩肩卻已經聳起了，眉目的外梢也向下。這分明是無常少爺了，大家卻叫他阿領㉟，對於他似乎都不很表敬意；猜起來，彷彿是無常嫂的前夫之子似的。但不知何以相貌又和無常有這麼像？吁！鬼神之事，難言之矣，只得姑且置之弗論。至於無常何以沒有親兒女，到今年可很容易解釋了；鬼神能前知，他怕兒女一多，愛說閒話的就要旁敲側擊地鍛成他拿盧布，所以不但研究，還早已實行了「節育」了。

這捧著飯菜的一幕，就是「送無常」。因為他是勾魂使者，所以民間凡有一個人死掉之後，就得用酒飯恭送他。至於不給他吃，那是賽會時候的開玩笑，實際上並不然。但是，和無常開玩笑，是大家都有此意的，因為他爽直，愛發議論，有人情，——要尋真實的朋友，倒還是他妥當。

有人說，他是生人走陰，就是原是人，夢中卻入冥去當差的，所以很有些人情。我還記得住在離我家不遠的小屋子裡的一個男人，便自稱是「走無常」，門外常常燃著香燭。但我看他臉上的鬼氣反而多。莫非入冥做了鬼，倒會增加人氣的麼？吁！鬼神之事，難言之矣，這也只得姑且置之弗論了。

六月二十三日

注釋

①本篇最初發表於一九二六年七月十日《莽原》半月刊第一卷第十三期。

②**城隍**　迷信中主管城池的神。

③**東岳大帝**　道教所奉的泰山神。漢代的緯書《孝經援神契》中說：「泰山，天帝之孫也，主召人魂。」又《爾雅·釋山》稱「泰山爲東岳」。舊時迷信傳說泰山神掌管人的生死。元世祖至元二十八年（1291）尊爲東岳天齊大生仁皇帝，簡稱東岳大帝。

④**鹵簿**　封建時代帝王或大臣外出時的侍從儀仗隊。

⑤**無常**　佛家語。原指世間一切事物都在變異滅壞的過程中；後引申爲死的意思，也用作迷信傳說中「勾魂使者」的名稱。

⑥**「不勝屏營待命之至」**　舊時官府對上級呈文結束處的套語；這裡用作肅立敬畏的意思。

⑦**樊江**　紹興縣城東三十里的一個鄉鎮。

⑧**斬衰凶服**　封建喪制中規定的重孝喪服，用粗麻布裁製，不縫下邊。

⑨**紙錠**　一種迷信用品，用紙或錫箔折成的元寶。舊俗認爲焚化後可供死者在「陰間」使用。

⑩**包公殿**　供奉宋代包拯（999-1062）的廟宇。舊時迷信傳說，包拯死後做了閻羅十殿中第五殿的閻羅王，東岳廟或城隍廟中供有他的神像。

⑪**「碰壁」**　在女師大學生反對校長楊蔭榆的事件中，有教員阻撓學生，說「你們做事不要碰壁」。作者這裡用這個詞含有諷刺的意思。參看《華蓋集·「碰壁」之後》。

⑫**小乘佛教**　早期佛教的主要流派，注重修行持戒，自我解脫，自認爲是佛教的正統派。

⑬**「焰摩天」**　佛教傳說「欲界諸天」中的一天。佛經中又有「焰摩界」，即所謂輪迴六道

中的餓鬼道，它的主宰者是琰魔王，也就是閻羅王。這裡所說的「焰摩天」，當是地獄的「焰摩界」。

⑭**牛首阿旁**　佛經所說地獄中的獄卒。東晉曇無蘭譯《五苦章句經》中說：「獄卒名阿傍，牛頭人手，兩腳牛蹄，力壯排山，持鋼鐵叉」。

⑮**「模範縣」**　這裡是對陳西瀅的諷刺。陳是無錫人，他在《現代評論》第二卷第三十七期（一九二五年八月二十二日）《閒話》中曾說「無錫是中國的模範縣」。

⑯**虞仲翔（164-233）**　名翻，三國吳會稽餘姚（在今浙江）人。經學家。他揄揚紹興的話，見《三國志·吳書·虞翻傳》注引虞預《會稽典錄》：「夫會稽上應牽牛之宿，下當少陽之位，東漸巨海，西通五湖，南黏無垠，北渚浙江。南山攸居，實爲州鎮，昔禹會群臣，因以命之。山有金木鳥獸之殷，水有魚鹽珠蚌之饒。海岳精液，善生俊異，是以忠臣繼踵，孝子連閭，下及賢女，靡不育焉。」

⑰**「紹興師爺」**　清代官署中承辦刑事判牘的幕僚叫「刑名師爺」。一般善於舞文弄法，往往能左右人的禍福；當時紹興籍的幕僚較多，因有「紹興師爺」之稱。陳西瀅在一九二六年一月三十日《晨報副刊》上發表的《致志摩》信中曾誣蔑作者「有他們貴鄉紹興的刑名師爺的脾氣」。

⑱這幾句話都出自陳西瀅的《致志摩》。

⑲**一個會**　指一九二五年十二月陳西瀅等爲壓迫北京女師大學生和教育界進步人士而組織的

「教育界公理維持會」。參看《華蓋集·「公理」的把戲》。

⑳**鳥**　男子生殖器的俗稱，常見於元明的戲曲、平話中。

㉑**「一雙空手見閻王」**　語見《何典》：「賣嘴郎中無好藥，一雙空手見閻王。」

㉒**「放冷箭」**　這也是陳西瀅在《致志摩》中攻擊作者的話：「他沒有一篇文章裡不放幾支冷箭。」

㉓**閻羅天子**　即閻羅王，小乘佛教中所稱的地獄主宰。《法苑珠林》卷十二中說：「閻羅王者，昔爲毗沙國王，經與維陀如生王共戰，兵力不敵，因立誓願爲地獄主。」

㉔**馬面**　迷信傳說地獄中人身馬頭的獄卒。

㉕**墨翟（約公元前468－前376）**　春秋戰國之間的魯國人，我國古代思想家，墨家的創始人。著有《墨子》十五卷，其中有《大取》、《小取》兩篇。《大取》篇中說：「利之中取大，害之中取小也。害之中取小也，非取害也，取利也。」

㉖**「大戲」或者「目連戲」**　都是紹興的地方戲。清代范寅《越諺》卷中說：「班子：唱戲成黠（班）者，有文班、武班之別。文專唱和，名高調班；武演戰鬥，名亂彈班。」又說：「萬（**按此處讀『木』**）蓮班：此專唱萬蓮一齣戲者，百姓爲之。」高調班和亂彈班就是大戲；萬蓮班就是目連戲。據《盂蘭盆經》：目連是佛的大弟子，有大神通，嘗入地獄救母。唐代已有《大目乾連冥間救母變文》，以後各種戲曲中多有目連戲。參看《且介亭雜文末編·女吊》第五段。

㉗張岱（1597－約1689）　字宗子，號陶庵，浙江山陰（今紹興）人。明末文學家。他在《陶庵夢藝・目連戲》中記載當時的演出情況說：「選徽州旌陽戲子，剽輕精悍，能相撲打者三四十人，搬演《目連》，凡三日三夜。」

㉘「目連嗐頭」　嗐頭，紹興方言，即號筒。范寅《越諺》卷中說是「銅製，長四尺」。「目連嗐頭」是一種特別加長的號筒。據《越諺》卷中說：「道場及召鬼戲皆用，萬蓮戲爲多，故名。」

㉙陳念義　清代嘉慶道光年間紹興的名醫，即葉騰驤《證諦山人雜志》卷五中所記的陳念二：「陳念二者，山陰方橋人，偶忘其名字，世業醫，稱爲妙手，遠近就醫者不絕。」

㉚俞仲華（1794－1849）　名萬春，浙江紹興人。他著的《蕩寇志》一名《結水滸傳》，共七十回（又結子一回），寫梁山泊頭領全部被宋王朝剿滅。

㉛「聰明正直之謂神」　語見《左傳》莊公三十二年。

㉜「雖有忮心，不怨飄瓦」　語出《莊子・達生》：「雖有忮心者，不怨飄瓦。」用在這裡的意思是說，心裡雖有憤恨，卻也不好怨誰了。

㉝「正人君子」　這裡的「正人君子」和下文的「教授先生」，指當時現代評論派中的某些人。

㉞「老婆兒女」　陳西瀅在《現代評論》第三卷第七十四期（一九二六年五月八日）的《閒話》中說：「家累日重，需要日多，才智之士，也沒法可想，何況一般普通人。因此，依附

軍閥和依附洋人便成了許多人唯一的路徑，就是有些志士，也常常未能免俗。……他們自己可以捱餓，老婆子女卻不能不吃飯啊！就是那些直接或間接用蘇俄金錢的人，也何嘗不是如此。」

㉟阿領　婦女再嫁時領（帶）來的同前夫所生的孩子。

從百草園到三味書屋①

我家的後面有一個很大的園，相傳叫作百草園。現在是早已併屋子一起賣給朱文公②的子孫了，連那最末次的相見也已經隔了七八年，其中似乎確鑿只有一些野草；但那時卻是我的樂園。

不必說碧綠的菜畦，光滑的石井欄，高大的皂莢樹，紫紅的桑椹；也不必說鳴蟬在樹葉裡長吟，肥胖的黃蜂伏在菜花上，輕捷的叫天子（雲雀）忽然從草間直竄向雲霄裡去了。單是周圍的短短的泥牆根一帶，就有無限趣味。油蛉在這裡低唱，蟋蟀們在這裡彈琴。翻開斷磚來，有時會遇見蜈蚣；還有斑蝥，倘若用手指按住牠的脊梁，便會拍的一聲，從後竅噴出一陣煙霧。何首烏藤和木蓮藤纏絡著，木蓮有蓮房一般的果實，何首烏有臃腫的根。有人說，何首烏根是有像人形的，吃了便可以成仙，我於是常常拔它起來，牽連不斷地拔起來，也曾因此弄壞了泥牆，卻從來沒有見過有一塊根像人樣。如果不怕刺，還可以摘到覆盆子，像小珊瑚珠攢成的小球，又酸又甜，色味都比桑椹要好得遠。長的草裡是不去的，因爲相傳這園裡有一條很大的赤練蛇。

長媽媽曾經講給我一個故事聽：先前，有一個讀書人住在古廟裡用功，晚間，在院子裡納涼的時候，突然聽到有人在叫他。答應著，四面看時，卻見一個美女的臉露在牆頭上，向他一笑，隱去了。他很高興；但竟給那走來夜談的老和尚識破了機關。說他臉上有些妖氣，一定遇見「美女蛇」了；這是人首蛇身的怪物，能喚人名，倘一答應，夜間便要來吃這人的肉的。他自然嚇得要死，而那老和尚卻道無妨，給他一個小盒子，說只要放在枕邊，便可高枕而臥。他雖然照樣辦，卻總是睡不著，——當然睡不著的。到半夜，果然來了，沙沙沙！門外像是風雨聲。他正抖作一團時，卻聽得豁的一聲，一道金光從枕邊飛出，外面便什麼聲音也沒有了，那金光也就飛回來，斂在盒子裡。後來呢？後來，老和尚說，這是飛蜈蚣，牠能吸蛇的腦髓，美女蛇就被牠治死了。

結末的教訓是：所以倘有陌生的聲音叫你的名字，你萬不可答應他。

這故事很使我覺得做人之險，夏夜乘涼，往往有些擔心，不敢去看牆上，而且極想得到一盒老和尚那樣的飛蜈蚣。走到百草園的草叢邊時，也常常這樣想。但直到現在，總還是沒有得到，但也沒有遇見過赤練蛇和美女蛇。叫我名字的陌生聲音自然是常有的，然而都不是美女蛇。

冬天的百草園比較的無味；雪一下，可就兩樣了。拍雪人（將自己的全形印在雪上）和塑雪羅漢需要人們鑒賞，這是荒園，人跡罕至，所以不相宜，只好來捕鳥。薄薄的雪，是不行的；總須積雪蓋了地面一兩天，鳥雀們久已無處覓食的時候才好。掃開一塊雪，露出地面，用一枝短棒支起一面大的竹篩來，下面撒些秕穀，棒上繫一條長繩，人遠遠地牽著，看鳥雀下來啄食，走到竹篩底下的時候，將繩子一拉，便罩住了。但所得的是麻雀居多，也有白頰的「張飛鳥」③，性子很躁，養不過夜的。

這是閏土④的父親所傳授的方法，我卻不大能用。明明見牠們進去了，拉了繩，跑去一看，卻什麼都沒有，費了半天力，捉住的不過三四隻。閏土的父親是小半天便能捕獲幾十隻，裝在叉袋⑤裡叫著撞著的。我曾經問他得失的緣由，他只靜靜地笑道：你太性急，來不及等牠走到中間去。

我不知道爲什麼家裡的人要將我送進書塾裡去了，而且還是全城中稱爲最嚴厲的書塾。也許是因爲拔何首烏毀了泥牆罷，也許是因爲將磚頭拋到間壁的梁家去了罷，也許是因爲站在石井欄上跳了下來罷，……都無從知道。總而言之：我將不能常到百草園了。Ade⑥，我的蟋蟀們！Ade，我的覆盆子們和木蓮們！……

出門向東，不上半里，走過一道石橋，便是我的先生⑦的家了。從一扇黑油的竹門進去，第三間是書房。中間掛著一塊匾道：三味書屋⑧；匾下面是一幅畫，畫著一隻很肥大的梅花鹿伏在古樹下。沒有孔子牌位，我們便對著那匾和鹿行禮。第一次算是拜孔子，第二次算是拜先生。

第二次行禮時，先生便和藹地在一旁答禮。他是一個高而瘦的老人，鬚髮都花白了，還戴著大眼鏡。我對他很恭敬，因爲我早聽到，他是本城中極方正，質樸，博學的人。

不知從那裡聽來的，東方朔⑨也很淵博，他認識一種蟲，名曰：「怪哉」⑩，冤氣所化，用酒一澆，就消釋了。我很想詳細地知道這故事，但阿長是不知道的，因爲她畢竟不淵博。現在得到機會了，可以問先生。

「先生，『怪哉』這蟲，是怎麼一回事？……」我上了生書，將要退下來的時候，趕忙問。

「不知道！」他似乎很不高興，臉上還有怒色了。

我才知道做學生是不應該問這些事的，只要讀書，因爲他是淵博的宿儒，決不至於不知道，所謂不知道者，乃是不願意說。年紀比我大的人，往往如此，我遇見過好幾回了。

我就只讀書，正午習字，晚上對課⑪。先生最初這幾天對我很嚴厲，後來卻好起來了，不過給我讀的書漸漸加多，對課也漸漸地加上字去，從三言到五言，終於到七言。

三味書屋後面也有一個園，雖然小，但在那裡也可以爬上花壇去折臘梅花，在地上或桂花樹上尋蟬蛻。最好的工作是捉了蒼蠅餵螞蟻，靜悄悄地沒有聲音。然而同窗們到園裡的太多，太久，可就不行了，先生在書房裡便大叫起來：

「人都到那裡去了?!」

人們便一個一個陸續走回去；一同回去，也不行的。他有一條戒尺，但是不常用，也有罰跪的規則，但也不常用，普通總不過瞪幾眼，大聲道：

「讀書！」

於是大家放開喉嚨讀一陣書，真是人聲鼎沸。有念「仁遠乎哉我欲仁斯仁至矣」的，有念「笑人齒缺曰狗竇大開」的，有念「上九潛龍勿用」的，有念「厥土下上上錯厥貢苞茅橘柚」的……。⑫先生自己也念書。後來，我們的聲音便低下去，靜下去了，只有他還大聲朗讀著：

「鐵如意，指揮倜儻，一座皆驚呢……，金叵羅，顛倒淋漓噫，千杯未醉嗬……。」⑬

我疑心這是極好的文章，因為讀到這裡，他總是微笑起來，而且將頭仰起，搖著，向後面拗過去，拗過去。

先生讀書入神的時候，於我們是很相宜的。有幾個便用紙糊的盔甲套在指甲上做戲。我是畫畫兒，用一種叫作「荊川紙」的，蒙在小說的繡像⑭上一個個描下來，像習字時候的影寫一樣。讀的書多起來，畫的畫也多起來；書沒有讀成，畫的成績卻不少了，最成片段的是《蕩寇志》和《西遊記》的繡像，都有一大本。後來，因為要錢用，賣給一個有錢的同窗了。他的父親是開錫箔店的；

聽說現在自己已經做了店主，而且快要升到紳士的地位了。這東西早已沒有了罷。

九月十八日

注釋

①本篇最初發表於一九二六年十月十日《莽原》半月刊第一卷第十九期。

②**朱文公** 即朱熹。參看本書《二十四孝圖》之注㉕。「文」是宋王朝給他的謚號。作者紹興的老屋於一九一九年賣給一個姓朱的人，所以這裡戲稱爲「賣給朱文公的子孫」。

③**「張飛鳥」** 即鶺鴒。頭部圓而黑，前額純白，形似舞台上張飛的臉譜，所以浙東有的地方叫牠「張飛鳥」。

④**閏土** 作者小說《故鄉》中的人物。原型爲章運水，紹興道墟鄉杜浦村（今屬上虞縣）人。他的父親名福慶，是個農民，兼作竹匠，常在作者家做短工。

⑤**叉袋** 袋口成叉角的麻袋或布袋。

⑥Ade 德語，再見的意思。

⑦**我的先生** 指壽懷鑒（1849-1929），字鏡吾，是個秀才。

⑧**三味書屋** 在紹興作者故居附近，它和百草園現在都是紹興魯迅紀念館的一部分。

⑨**東方朔**（公元前154－前93） 字曼倩，平原慶次（今山東惠民）人。西漢文學家，漢武帝的侍

臣。善諷諫，喜詼諧。關於他的傳說很多。《史記·滑稽列傳》附傳中說他「好古傳書，愛經術，多所博觀外家之語」。

⑩「怪哉」　傳說中的一種怪蟲。據《古小說鉤沉·小說》：「武帝幸甘泉宮，馳道中，有蟲赤色，頭目牙齒耳鼻盡具，觀者莫識。帝乃使朔視之，還對曰：『此「怪哉」也。昔秦時拘繫無辜，眾庶愁怨，咸仰首嘆曰：「怪哉怪哉！」蓋感動上天憤所生也，故名「怪哉」。此地必秦之獄處。』即按地圖，果秦故獄。又問：『何以去蟲？』朔曰：『凡憂者得酒而解，以酒灌之當消。』於是使人取蟲置酒中，須臾果糜散矣。」

⑪對課　舊時學塾教學生練習對仗的一種功課，用虛實平仄的字相對，如「桃紅」對「柳綠」之類。

⑫這些都是舊時學塾讀物中的句子。「仁遠乎哉？我欲仁，斯仁至矣。」見《論語·述而》。「笑人齒缺，曰狗竇大開。」見《幼學瓊林·身體》。「上九，潛龍勿用。」見《周易·乾》，原作「初九，潛龍勿用」。「厥土下上上錯厥貢苞茅橘柚」，這是學生讀《尚書·禹貢》時念錯的句子；原作「厥田惟下下，厥賦下上上錯……厥包橘柚錫貢」。

⑬這是清末劉翰作《李克用置酒三垂崗賦》中的句子。原文作：「玉如意指揮倜儻，一座皆驚；金叵羅傾倒淋漓，千杯未醉。」劉翰，江陰南菁書院學生，這篇賦是頌揚五代後唐李克用父子的。見王先謙編的《清嘉集初稿》卷五。

⑭繡像　明清以來附在通俗小說卷首的書中人物白描畫像。

父親的病①

大約十多年前罷，S城②中曾經盛傳過一個名醫的故事：

他出診原來是一元四角，特拔十元，深夜加倍，出城又加倍。有一夜，一家城外人家的閨女生急病，來請他了，因爲他其時已經闊得不耐煩，便非一百元不去。他們只得都依他。待去時，卻只是草草地一看，說道「不要緊的」，開一張方，拿了一百元就走。那病家似乎很有錢，第二天又來請了。他一到門，只見主人笑面承迎，道，「昨晚服了先生的藥，好得多了，所以再請你來複診一回。」仍舊引到房裡，老媽子便將病人的手拉出帳外來。他一按，冷冰冰的，也沒有脈，於是點點頭道，「唔，這病我明白了。」從從容容走到桌前，取了藥方紙，提筆寫道：

「憑票付英洋③壹百元正。」下面是署名，畫押。

「先生，這病看來很不輕了，用藥怕還得重一點罷。」主人在背後說。

「可以，」他說。於是另開了一張方：

「憑票付英洋貳百元正。」下面仍是署名，畫押。

這樣，主人就收了藥方，很客氣地送他出來了。

我曾經和這名醫周旋過兩整年，因爲他隔日一回，來診我的父親的病。那時雖然已經很有名，但還不至於闊得這樣不耐煩；可是診金卻已經是一元四角。現在的都市上，診金一次十元並不算奇，可是那時是一元四角已是巨款，很不容易張羅的了；又何況是隔日一次。他大概的確有些特別，據輿論說，用藥就與眾不同。我不知道藥品，所覺得的，就是「藥引」的難得，新方一換，就得忙一大場。先買藥，再尋藥引。「生薑」兩片，竹葉十片去尖，他是不用的了。起碼是蘆根，須到河邊去掘；一到經霜三年的甘蔗，便至少也得搜尋兩三天。可是說也奇怪，大約後來總沒有購求不到的。

據輿論說，神妙就在這地方。先前有一個病人，百藥無效；待到遇見了什麼葉天士④先生，只在舊方上加了一味藥引：梧桐葉。只一服，便豁然而癒了。「醫者，意也。」⑤其時是秋天，而梧桐先知秋氣。其先百藥不投，今以秋氣動之，以氣感氣，所以……。我雖然並不了然，但也十分佩服，知道凡有靈藥，一定是很不容易得到的，求仙的人，甚至於還要拚了性命，跑進深山裡去採呢。

這樣有兩年，漸漸地熟識，幾乎是朋友了。父親的水腫是逐日厲害，將要不能起床；我對於經霜三年的甘蔗之流也逐漸失了信仰，採辦藥引似乎再沒有先前一般踴躍了。正在這時候，他有一天來診，問過病狀，便極其誠懇地說：

「我所有的學問，都用盡了。這裡還有一位陳蓮河⑥先生，本領比我高。我薦他來看一看，我可以寫一封信。可是，病是不要緊的，不過經他的手，可以格外好得快……。」

這一天似乎大家都有些不歡，仍然由我恭敬地送他上轎。進來時，看見父親的臉色很異樣，和大家談論，大意是說自己的病大概沒有希望的了；他因為看了兩年，毫無效驗，臉又太熟了，未免有些難以為情，所以等到危急時候，便薦一個生手自代，和自己完全脫了干係。但另外有什麼法子呢？本城的名醫，除他之外，實在也只有一個陳蓮河了。明天就請陳蓮河。

陳蓮河的診金也是一元四角。但前回的名醫的臉是圓而胖的，他卻長而胖了：這一點頗不同。還有用藥也不同，前回的名醫是一個人還可以辦的，這一回卻是一個人有些辦不妥帖了，因為他一張藥方上，總兼有一種特別的丸散和一種奇特的藥引。

蘆根和經霜三年的甘蔗，他就從來沒有用過。最平常的是「蟋蟀一對」，旁注小字道：「要原配，即本在一窠中者。」似乎昆蟲也要貞節，續弦或再醮，連做藥資格也喪失了。但這差使在我並不為難，走進百草園，十對也容易得，將牠們用線一縛，活活地擲入沸湯中完事。然而還有「平地木⑦十株」呢，這可誰也不知道是什麼東西了，問藥店，問鄉下人，問賣草藥的，問老年人，問讀書人，問木匠，都只是搖搖頭，臨末才記起了那遠房的叔祖，愛種一點花木的老人，跑去一問，他果然知道，是生在山中樹下的一種小樹，能結紅子如小珊瑚珠的，普通都稱為「老弗大」。

「踏破鐵鞋無覓處，得來全不費工夫」。藥引尋到了，然而還有一種特別的丸藥：敗鼓皮丸。這「敗鼓皮丸」就是用打破的舊鼓皮做成；水腫一名鼓脹，一用打破的鼓皮自然就可以克服他。清朝的剛毅因為憎恨「洋鬼子」，預備打他們，練了些兵稱作「虎神營」⑧，取虎能食羊，神能伏鬼的意思，也就是這道理。可惜這一種神藥，全城中只有一家出售的，離我家就有五里，但這卻不像平地木那樣，必須暗中摸索了，陳蓮河先生開方之後，就懇切詳細地給我們說明。

「我有一種丹，」有一回陳蓮河先生說，「點在舌上，我想一定可以見效。因為舌乃心之靈苗……。價錢也並不貴，只要兩塊錢一盒……。」

我父親沉思了一會，搖搖頭。

「我這樣用藥還會不大見效，」有一回陳蓮河先生又說，「我想，可以請人看一看，可有什麼冤愆……。醫能醫病，不能醫命，對不對？自然，這也許是前世的事……。」

我的父親沉思了一會，搖搖頭。

凡國手，都能夠起死回生的，我們走過醫生的門前，常可以看見這樣的匾額。現在是讓步一點了，連醫生自己也說道：「西醫長於外科，中醫長於內科。」但是S城那時不但沒有西醫，且誰還也沒有想到天下有所謂西醫，因此無論什麼，都只能由軒轅岐伯⑨的嫡派門徒包辦。軒轅時候是巫醫不分的，所以直到現在，他的門徒就還見鬼，而且覺得「舌乃心之靈苗」。這就是中國人的「命」，連名醫也無從醫治的。

不肯用靈丹點在舌頭上，又想不出「冤愆」來，自然，單吃了一百多天的「敗鼓皮丸」有什麼用呢？依然打不破水腫，父親終於躺在床上喘氣了。還請一回陳蓮河先生，這回是特拔，大洋十元。他仍舊泰然的開了一張方，但已停止敗鼓皮丸不用，藥引也不很神妙了，所以只消半天，藥就煎好，灌下去，卻從口角上回了出來。

從此我便不再和陳蓮河先生周旋，只在街上有時看見他坐在三名轎夫的快轎裡飛一般抬過；聽說他現在還康健，一面行醫，一面還做中醫什麼學報⑩，正在和只長於外科的西醫奮鬥哩。

中西的思想確乎有一點不同。聽說中國的孝子們，一到將要「罪孽深重禍延父母」⑪的時候，就買幾斤人參，煎湯灌下去，希望父母多喘幾天氣，即使半天也好。我的一位教醫學的先生卻教給我醫生的職務道：可醫的應該給他醫治，不可醫的應該給他死得沒有痛苦。——但這先生自然是西醫。

父親的喘氣頗長久，連我也聽得很吃力，然而誰也不能幫助他。我有時竟至於電光一閃似的想道：「還是快一點喘完了罷……。」立刻覺得這思想就不該，就是犯了罪；但同時又覺得這思想實在是正當的，我很愛我的父親。便是現在，也還是這樣想。

早晨，住在一門裡的衍太太⑫進來了。她是一個精通禮節的婦人，說我們不應該空等著。於是給他換衣服；又將紙錠和一種什麼《高王經》⑬燒成灰，用紙包了給他捏在拳頭裡……。

「叫呀，你父親要斷氣了。快叫呀！」衍太太說。

「父親！父親！」我就叫起來。

「大聲！他聽不見。還不快叫?!」

「父親!!!父親!!!」

他已經平靜下去的臉，忽然緊張了，將眼微微一睜，彷彿有一些苦痛。

「叫呀！快叫呀！」她催促說。

「父親!!!」

「什麼呢?……不要嚷。……不……。」他低低地說，又較急地喘著氣，好一會，這才復了原狀，平靜下去了。

「父親!!!」我還叫他，一直到他嚥了氣。

我現在還聽到那時的自己的這聲音，每聽到時，就覺得這卻是我對於父親的最大的錯處。

十月七日

注釋

①本篇最初發表於一九二六年十一月十日《莽原》半月刊第一卷第二十一期。

②S城　這裡指紹興城。

③英洋　即「鷹洋」，墨西哥銀元，幣面鑄有鷹的圖案。鴉片戰爭後曾大量流入我國。

④葉天士（1667-1746）　名桂，號香岩，江蘇吳縣人。清乾隆時名醫。他的門生曾搜集其藥方編成《臨證指南醫案》十卷。清代王友亮撰《雙佩齋文集·葉天士小傳》中，有以梧桐葉作藥引的記載：「鄰婦難產，他醫業立方矣，其夫持問葉，爲加梧葉一片，產立下。後有效之者，葉笑曰：『吾前用梧葉，以值立秋故耳！今何益。』其因時制宜，不拘古法多此類，雖老於醫者莫能測也。」

⑤「醫者，意也。」　語出《後漢書·郭玉傳》：「醫之爲言，意也。腠理至微，隨氣用巧。」又宋代祝穆編《古今事文類聚》前集：「唐許胤宗善醫。或勸其著書，答曰：『醫言意也。思慮精則得之，吾意所解，口不能宣也。』」

⑥陳蓮河　指何廉臣（1860-1929），當時紹興的中醫。

⑦平地木　即紫金牛，常綠小灌木，一種藥用植物。

⑧「虎神營」　清末端郡王載漪（文中說是剛毅，似誤記）創設和率領的皇室衛隊。李希聖在《庚子國變記》中說：「虎神營者，虎食羊而神治鬼，所以詛之也。」

⑨軒轅岐伯　指古代名醫。軒轅，即黃帝，傳說中的上古帝王；岐伯，傳說中的上古名醫。今所傳著名醫學古籍《黃帝內經》，是戰國秦漢時醫家托名黃帝與岐伯所作。其中《素問》部分，用黃帝和岐伯問答的形式討論病理，故後來常稱醫術高明者爲「術精岐黃」。

⑩中醫什麼學報　指《紹興醫藥月報》。一九二四年春創刊，何廉臣任副編輯，在第一期上發表《本報宗旨之宣言》，宣揚「國粹」。

⑪「罪孽深重禍延父母」　舊時一些人在父母死後印發的訃聞中，常有「不孝男××罪孽深重不自殞滅禍延顯考（或顯妣）……」等一類套話。

⑫衍太太　作者叔祖周子傳的妻子。

⑬《高王經》　即《高王觀世音》。據《魏書・盧景裕傳》：「……有人負罪當死，夢沙門教講經，覺時如所夢，默誦千遍，臨刑刀折，主者以聞，赦之。此經遂行於世，號曰《高王觀世音》。」舊俗在人死時，把《高王經》燒成灰，捏在死者手裡，大概即源於這類故事，意思是死者到「陰間」如受刑時可減少痛苦。

瑣記①

衍太太現在是早經做了祖母，也許竟做了曾祖母了；那時卻還年輕，只有一個兒子比我大三四歲。她對自己的兒子雖然狠，對別家的孩子卻好的，無論鬧出什麼亂子來，也絕不去告訴各人的父母，因此我們就最願意在她家裡或她家的四近玩。

舉一個例說罷，冬天，水缸裡結了薄冰的時候，我們大清早起一看見，便吃冰。有一回給沈四太太②看到了，大聲說道：「莫吃呀，要肚子疼的呢！」這聲音又給我母親聽到了，跑出來我們都挨了一頓罵，並且有大半天不准玩。我們推論禍首，認定是沈四太太，於是提起她就不用尊稱了，給她另外起了一個綽號，叫做「肚子疼」。

衍太太卻絕不如此。假如她看見我們吃冰，一定和藹地笑著說，「好，再吃一塊。我記著，看誰吃得多。」

但我對於她也有不滿足的地方。一回是很早的時候了，我還很小，偶然走進她家去，她正在和她的男人看書。我走近去，她便將書塞在我的眼前道，「你看，你知道這是什麼？」我看那書上畫著房屋，有兩個人光著身子彷彿在打架，但又不很像。正遲疑間，他們便大笑起來了。這使我很不高興，似乎受了一個極大的侮辱，不到那裡去大約有十多天。一回是我已經十多歲了，和幾個孩子比賽打旋子，看誰旋得多。她就從旁計著數，說道，「好，八十二個了！再旋一個，八十三！好，八十四！……」但正在旋著的阿祥，忽然跌倒了，阿祥的嬸母也恰恰走進來。她便接著說道，「你看，不是跌了麼？不聽我的話。我叫你不要旋，不要旋……。」

雖然如此，孩子們總還喜歡到她那裡去。假如頭上碰得腫了一大塊的時候，去尋母親去罷，好的是罵一通，再給擦一點藥；壞的是沒有藥擦，還添幾個栗鑿和一通罵。衍太太卻絕不埋怨，立刻給你用燒酒調了水粉，擦在疙瘩上，說這不但止痛，將來還沒有瘢痕。

父親故去之後，我也還常到她家裡去，不過已不是和孩子們玩耍了，卻是和衍太太或她的男人談閑天。我其實覺得很有許多東西要買、看的和吃的，只是沒有錢。有一天談到這裡，她便說道：「母親的錢，你拿來用就是了，還不就是你的麼？」我說母親沒有錢，她就說可以拿首飾去變賣；我說沒有首飾，她卻道，「也許你沒有留心。到大櫥的抽屜裡，角角落落去尋去，總可以尋出一點珠子這類東西……。」

這些話我聽去似乎很異樣，便又不到她那裡去了，但有時又真想去打開大櫥，細細地尋一尋。大約此後不到一月，就聽到一種流言，說我已經偷了家裡的東西去變賣了，這實在使我覺得有如掉在冷水裡。流言的來源，我是明白的，倘是現在，只要有地方發表，我總要罵出流言家的狐狸尾巴來，但那時太年輕，一遇流言，便連自己也彷彿覺得真是犯了罪，怕遇見人們的眼睛，怕受到母親的愛撫。

好。那麼，走罷！

但是，那裡去呢？S城人的臉早經看熟，如此而已，連心肝也似乎有些了然。總得尋別一類人們去，去尋爲S城人所詬病的人們，無論其爲畜生或魔鬼。那時爲全城所笑罵的是一個開得不久的學校，叫作中西學堂③，漢文之外，又教些洋文和算學。然而已經成爲眾矢之的了；熟讀聖賢書的秀才們，還集了「四書」④的句子，做一篇八股⑤來嘲誚它，這名文便即傳遍了全城，人人當作有趣的話柄。我只記得那「起講」的開頭是：

「徐子以告夷子曰：吾聞用夏變夷者，未聞變於夷者也。今也不然：鴃舌之音，聞其聲，皆雅言也。……」以後可忘卻了，大概也和現今的國粹保存大家的議論差不多。但我對於這中西學堂，卻也不滿足，因爲那裡面只教漢文、算學、英文和法文。功課較爲別致的，還有杭州的求是書院⑥，然而學費貴。

無需學費的學校在南京，自然只好往南京去。第一個進去的學校⑦，目下不知道稱爲什麼了，光復⑧以後，似乎有一時稱爲雷電學堂，很像《封神榜》⑨上「太極陣」「混元陣」一類的名目。總之，一進儀鳳門⑩，便可以看見它那二十丈高的桅杆和不知多高的煙通。功課也簡單，一星期中，幾乎四整天是英文：「It is a Cat.」「Is it a rat?」⑪一整天是讀漢文：「君子曰，穎考叔可謂純孝也已矣，愛其母，施及莊公。」⑫一整天是做漢文：《知己知彼百戰百勝論》，《穎考叔論》，《雲從龍風從虎論》，《咬得菜根則百事可做論》。

初進去當然只能做三班生，臥室裡是一桌一凳一床，床板只有兩塊。頭二班學生就不同了，二桌二凳或三凳一床，床板多至三塊。不但上講堂時挾著一堆厚而且大的洋書，氣昂昂地走著，決非只有一本「潑賴媽」⑬和四本《左傳》⑭的三班生所敢正視；便是空著手，也一定將肘彎撐開，像一隻螃蟹，低一班的在後面總不能走出他之前。這一種螃蟹式的名公巨卿，現在都闊別得很久了，前

四、五年，竟在教育部的破腳躺椅上，發現了這姿勢，然而這位老爺卻並非雷電學堂出身的，可見螃蟹態度，在中國也頗普遍。

可愛的是桅杆。但並非如「東鄰」的「支那通」⑮所說，因爲它「挺然翹然」，又是什麼的象徵。乃是因爲它高，烏鴉喜鵲，都只能停在它的半途的木盤上。人如果爬到頂，便可以近看獅子山，遠眺莫愁湖，——但究竟是否真可以眺得那麼遠，我現在可委實有點記不清楚了，而且不危險，下面張著網，即使跌下來，也不過如一條小魚落在網子裡；況且自從張網以後，聽說也還沒有人曾經跌下來。

原先還有一個池，給學生學游泳的，這裡面卻淹死了兩個年幼的學生。當我進去時，早填平了，不但填平，上面還造了一所小小的關帝廟。廟旁是一座焚化字紙的磚爐，爐口上方橫寫著四個大字道：「敬惜字紙」。只可惜那兩個淹死鬼失了池子，難討替代⑯，總在左近徘徊，雖然已有「伏魔大帝關聖帝君」鎮壓著。辦學的人大概是好心腸的，所以每年七月十五，總請一群和尚到雨天操場來放焰口⑰，一個紅鼻而胖的大和尚戴上毗盧帽⑱，捏訣⑲，念咒：「回資羅，普彌耶吽！唵耶吽！唵！耶！吽！！！」⑳

我的前輩同學被關聖帝君鎮壓了一整年，就只在這時候得到一點好處，——雖然我並不深知是怎樣的好處。所以當這些時，我每每想：做學生總得自己小心些。

總覺得不大合適，可是無法形容出這不合適來。現在是發現了大致相近的字眼了，「烏煙瘴氣」，庶幾乎其可也。只得走開。近來是單是走開也就不容易，「正人君子」者流會說你罵人罵到了聘書，或者是發「名士」脾氣㉑，給你幾句正經的俏皮話。不過那時還不打緊，學生所得的津貼，第一年不過二兩銀子，最初三個月的試習期內是零用五百文。於是毫無問題，去考礦路學堂㉒去了，也許是礦路學堂，已經有些記不真，文憑又不在手頭，更無從查考。試驗並不難錄取的。

這回不是 It is a cat 了，是 Der Mann, Das Weib, Das Kind ㉓。漢文仍舊是「潁考叔可謂純孝也已矣」，但外加《小學集注》㉔。論文題目也小有不同，譬如《工欲善其事必先利其器論》，是先前沒有做過的。

此外還有所謂格致㉕、地學、金石學，……都非常新鮮。但是還得聲明：後兩項，就是現在之所謂地質學和礦物學，並非講輿地和鐘鼎碑版㉖的。只是畫鐵軌橫斷面圖卻有些麻煩，平行線尤其討厭。但第二年的總辦是一個新黨㉗，他坐在馬車上的時候大抵看著《時務報》㉘，考漢文也自己出題目，和教員出的很不同。有一次是《華盛頓㉙論》，漢文教員反而惴惴地來問我們道：「華盛頓是什麼東西呀？……」

看新書的風氣便流行起來，我也知道了中國有一部書叫《天演論》㉚。星期日跑到城南去買了來，白紙石印的一厚本，價五百文正。翻開一看，是寫得很好的字，開首便道：

「赫胥黎獨處一室之中，在英倫之南，背山而面野，檻外諸境，歷歷如在機下。乃懸想二千年前，當羅馬大將愷徹㉛未到時，此間有何景物？計惟有天造草昧……」

哦！原來世界上竟還有一個赫胥黎坐在書房裡那麼想，而且想得那麼新鮮？一口氣讀下去，「物競」「天擇」也出來了，蘇格拉第㉜，柏拉圖㉝也出來了，斯多噶㉞也出來了。學堂裡又設立了一個閱報處，《時務報》不待言，還有《譯學匯編》㉟，那書面上的張廉卿㊱一流的四個字，就藍得很可愛。

「你這孩子有點不對了，拿這篇文章去看去，抄下來去看去。」一位本家的老輩嚴肅地對我說，而且遞過一張報紙來。接來看時，「臣許應騤㊲跪奏……」，那文章現在是一句也不記得了，總之是參康有爲變法㊳的；也不記得可曾抄了沒有。

仍然自己不覺得有什麼「不對」，一有閑空，就照例地吃侉餅、花生米、辣椒，看《天演論》。

但我們也曾經有過一個很不平安的時期。那是第二年，聽說學校就要裁撤了。這也無怪，這學堂的設立，原是因爲兩江總督㊴（大約是劉坤一㊵罷）聽到青龍山的煤礦㊶出息好，所以開手的。待到開學時，煤礦那面卻已將原先的技師辭退，換了一個不甚了然的人了。理由是：一、先前的技師薪水太貴，二、他們覺得開煤礦並不難。於是不到一年，就連煤在那裡也不甚了然起來，終於是所得的煤，只能供燒那兩架抽水機之用，就是抽了水掘煤，掘出煤來抽水，結一筆出入兩清的賬。既然開礦無利，礦路學堂自然也就無須乎開了，但是不知怎的，卻又並不裁撤。到第三年我們下礦洞去看的時候，情形實在頗淒涼，抽水機當然還在轉動，礦洞裡積水卻有半尺深，上面也點滴而下，幾個礦工便在這裡面鬼一般工作著。

畢業，自然大家都盼望的，但一到畢業，卻又有些爽然若失。爬了幾次桅，不消說不配做半個水兵；聽了幾年講，下了幾回礦洞，就能掘出金銀銅鐵錫來麼？實在連自己也茫無把握，沒有做

《工欲善其事必先利其器論》的那麼容易。爬上天空二十丈和鑽下地面二十丈，結果還是一無所能，學問是「上窮碧落下黃泉，兩處茫茫皆不見」㊷了。所餘的還只有一條路：到外國去。

留學的事，官僚也許可了，派定五名到日本去。其中的一個因爲祖母哭得死去活來，不去了，只剩了四個。日本是同中國很兩樣的，我們應該如何準備呢？有一個前輩同學在，比我們早一年畢業，曾經遊歷過日本，應該知道些情形。跑去請教之後，他鄭重地說：「日本的襪是萬不能穿的，要多帶些中國襪。我看紙票也不好，你們帶去的錢不如都換了他們的現銀。」

四個人都說遵命。別人不知其詳，我是將錢都在上海換了日本的銀圓，還帶了十雙中國襪——白襪。後來呢？後來，要穿制服和皮鞋，中國襪完全無用；一元的銀圓日本早已廢置不用了，又賠錢換了半元的銀圓和紙票。

十月八日

注釋

①本篇最初發表於一九二六年十一月二十五日《莽原》半月刊第一卷第二十二期。

②**沈四太太**　周家的房客。

③**中西學堂**　全稱「紹郡中西學堂」，紹興徐樹蘭創辦的一所私立學校，一八九七年（清光緒二十三年）成立。一八九九年秋改爲紹興府學堂。

④「四書」　即儒家經典《大學》、《中庸》、《論語》、《孟子》。北宋時程顥、程頤特別推崇《禮記》中的《大學》、《中庸》二篇；南宋朱熹又將這二篇和《論語》、《孟子》合在一起，撰寫《四書章句集注》，自此便有了「四書」這個名稱。

⑤八股　是明、清在科舉應試時所用的一種文體，它用「四書」、「五經」中文句命題，並規定一定的格式；每篇都必須按次序分為「破題」、「承題」、「起講」、「入手」、「前股」、「中股」、「後股」、「束股」八個段落；後面四段是正文，每段分兩股，兩兩相對，共計八股。這裡所說的「起講」，就是其中的第三段。

⑥求是書院　當時浙江的一所新式高等學校，創辦於一八九七年（清光緒二十三年）。

⑦第一個進去的學校　指江南水師學堂，一九一三年改為海軍軍官學校，一九一五年又改為海軍雷電學校。

⑧光復　指一九一一年的辛亥革命。

⑨《封神傍》　即《封神演義》，共一百回，明代許仲琳（一說陸西星）編寫的一部神魔小說。

⑩儀鳳門　當時南京城北的一個城門。

⑪這是初級英語讀本上的課文，意思是：「這是一隻貓。」「這是一隻老鼠嗎？」

⑫這段話出自《左傳》隱公元年，原文是：「君子曰，潁考叔，純孝也。愛其母，施及莊公。」

⑬「潑賴媽」　英語 primer 的音譯，意即初級讀本。

⑭《左傳》　即《春秋左氏傳》，相傳為春秋時左丘明所撰，是一部用史實補充、解釋《春秋》的

書。

⑮「支那通」　支那，古代梵語對中國的譯稱。近代日本亦稱中國爲支那。支那通，指研究和通曉中國情況的日本人。這裡是諷刺安岡秀夫。他在《從小說看來的支那民族性》一書中，胡謅中國人「耽享樂而淫風熾盛」，連食物也都與性有關，如喜歡吃筍，就「是因爲那挺然翹然的姿勢，引起想像來」的緣故。參看《華蓋集續編．馬上支日記（七月四日）》。

⑯討替代　即找替死鬼。舊時迷信認爲橫死的人所變的「鬼」，必須設法使別人也以同樣方式死亡，這樣他才得投生，叫做討替代。

⑰放焰口　舊俗於夏曆七月十五日（中元節）晚上請和尙結盂蘭盆會，誦經施食，稱爲放焰口。盂蘭盆，梵語音譯，「救倒懸」的意思；焰口，餓鬼名。

⑱毗盧帽　放焰口時，主座大和尙所戴的一種繡有毗盧佛像的帽子。

⑲捏訣　和尙誦念訣語時的一種手勢。

⑳這些是《瑜伽焰口施食要集》中咒文的梵語音譯。

㉑發「名士」脾氣　這是顧頡剛挖苦作者的話，當時他們同在廈門大學教書。參看《兩地書．四十八》。

㉒礦路學堂　全稱江南陸師學堂附設礦務鐵路學堂。創辦於一八九八年十月，一九〇二年一月停辦。

㉓這是初級德語讀本上的課文，意思是：「男人，女人，孩子。」

㉔《小學集注》　六卷，宋代朱熹輯，明代陳選注，舊時學塾中所常用的一種初級讀物。內容係輯錄古書中的片段，分類編成四內篇：《立教》、《明倫》、《敬身》、《稽古》；二外篇：《嘉言》、《善行》。

㉕格致　「格物致知」的簡稱。《禮記·大學》有「致知在格物，物格而後知至」的話。格，推究。清末曾用「格致」統稱物理、化學等學科。

㉖輿地　即地，這裡指地理學。鐘鼎碑版，指古代銅器、石刻；研究這些文物的形制、文字或圖畫的，叫金石學。

㉗新黨　指清末戊戌變法前後主張或傾向維新的人；這裡指當時礦務鐵路學堂總辦俞明震。

㉘《時務報》　旬刊，梁啓超等主編，當時宣傳變法維新的主要期刊之一。一八九六年八月創辦於上海，一八九八年七月停刊。

㉙華盛頓（G. Washington, 1732-1799）　即喬治·華盛頓，美國政治家。曾領導一七七五年至一七八三年美國反對英國殖民統治的獨立戰爭，勝利後，任美國第一任總統。

㉚《天演論》　英國赫胥黎（1825-1895）著《進化論與倫理學及其他論文》中的前兩篇，嚴復譯述。一八九八年（清光緒二十四年）由湖北沔陽盧氏木刻印行，爲「慎始基齋叢書」之一；一九〇一年又由富文書局石印出版。其前半部著重解釋自然現象，宣傳物競天擇；後半部著重解釋社會現象，鼓吹優勝劣敗的社會思想。這書對當時我國知識界曾起過很大的影響。

㉛愷徹（G. J. Caesar，公元前100-前44）　通譯凱撒，古羅馬統帥，曾兩次渡海侵入不列顛（英

國）。

㉜蘇格拉第（Sokrates，公元前469–前399）　通譯蘇格拉底，古希臘唯心主義哲學家。

㉝柏拉圖（Platon，公元前427–前347）　古希臘唯心主義哲學家，蘇格拉底的弟子。

㉞斯多噶（Stoics）　指斯多噶派，約公元前四世紀產生於古希臘，中經傳播演變，存在到公元二世紀的一個哲學派別。

㉟《譯學匯編》　當爲《譯書匯編》，月刊，一九〇〇年在日本創刊。它是我國留日學生最早出版的一種雜誌，分期譯載東西各國政治法律名著，如盧騷的《民約論》，孟德斯鳩的《萬法精理》等。後改名《政治學報》。

㊱張廉卿（1823–1894）　名裕釗，湖北武昌人。清代古文家、書法家。

㊲許應騤　廣東番禺人。清光緒年間曾任禮部尚書，當時反對維新運動的頑固分子之一。這裡所說的文章，指一八九八年（清光緒二十四年）五月四日他的《明白回奏並請斥逐工部主事康有爲折》，見同年五月二十四日《申報》。

㊳康有為變法　康有爲（1858–1927），字廣廈，號長素，廣東南海人。清末維新運動的領袖，主張變法維新，改君主專制制爲民主立憲制。一八九八年（戊戌）他與梁啓超、譚嗣同等由光緒帝任用參預政事，試圖變法；從同年六月九日光緒帝頒布變法維新的詔令，到九月六日以慈禧太后爲首的地主階級頑固派發動政變，變法失敗，共歷時一百零三日，故又稱戊戌變法或百日維新。

㊴兩江總督　總督，清代地方最高軍政長官。兩江總督在清初管轄江南和江西兩省。一六六七年（清

康熙六年）江南省分為江蘇、安徽兩省，仍與江西省並歸兩江總督管轄。

㊵劉坤一（1830-1901）　湖南新寧人。一八七九年至一九〇一年間數任兩江總督，是當時官僚中傾向維新的人物之一。

㊶青龍山的煤礦　在今南京官塘煤礦象山礦區。作者等當年所下的礦洞即今象山礦區的古井。

㊷這是唐代白居易《長恨歌》中的兩句詩。碧落，指天上；黃泉，指地下。

藤野先生①

東京也無非是這樣。上野②的櫻花爛漫的時節，望去確也像緋紅的輕雲，但花下也缺不了成群結隊的「清國留學生」的速成班③，頭頂上盤著大辮子，頂得學生制帽的頂上高高聳起，形成一座富士山④。也有解散辮子，盤得平的，除下帽來，油光可鑒，宛如小姑娘的髮髻一般，還要將脖子扭幾扭。實在標致極了。

中國留學生會館的門房裡有幾本書買，有時還值得去一轉；倘在上午，裡面的幾間洋房裡倒也還可以坐坐的。但到傍晚，有一間的地板便常不免要咚咚咚地響得震天，兼以滿房煙塵斗亂；問問精通時事的人，答道，「那是在學跳舞。」

到別的地方去看看，如何呢？

我就往仙台⑤的醫學專門學校去。從東京出發，不久便到一處驛站，寫道：日暮里。不知怎地，我到現在還記得這名目。其次卻只記得水戶⑥了，這是明的遺民朱舜水⑦先生客死的地方。仙台是一個市鎮，並不大；冬天冷得厲害；還沒有中國的學生。

大概是物以稀為貴罷。北京的白菜運往浙江，便用紅頭繩繫住菜根，倒掛在水果店頭，尊為「膠菜」；福建野生著的蘆薈，一到北京就請進溫室，且美其名曰「龍舌蘭」。我到仙台也頗受了這樣的優待，不但學校不收學費，幾個職員還為我的食宿操心。我先是住在監獄旁邊一個客店裡的，初冬已經頗冷，蚊子卻還多，後來用被蓋了全身，用衣服包了頭臉，只留兩個鼻孔出氣。在這呼吸不息的地方，蚊子竟無從插嘴，居然睡安穩了。飯食也不壞。但一位先生卻以爲這客店也包辦囚人的飯食，我住在那裡不相宜，幾次三番，幾次三番地說。我雖然覺得客店兼辦囚人的飯食和我不相干，然而好意難卻，也只得別尋相宜的住處了。於是搬到別一家，離監獄也很遠，可惜每天總要喝難以下咽的芋梗湯⑧。

從此就看見許多陌生的先生，聽到許多新鮮的講義。解剖學是兩個教授分任的。最初是骨學。其時進來的是一個黑瘦的先生，八字鬚，戴著眼鏡，挾著一疊大大小小的書。一將書放在講台上，便用了緩慢而很有頓挫的聲調，向學生介紹自己道：

「我就是叫作藤野嚴九郎⑨的……。」

後面有幾個人笑起來了。他接著便講述解剖學在日本發達的歷史，那些大大小小的書，便是從最初到現今關於這一門學問的著作。起初有幾本是線裝的；還有翻刻中國譯本的，他們的翻譯和研究新的醫學，並不比中國早。

那坐在後面發笑的是上學年不及格的留級學生，在校已經一年，掌故頗爲熟悉的了。他們便給新生講演每個教授的歷史。這藤野先生，據說是穿衣服太模糊了，有時竟會忘記帶領結；冬天是一件舊外套，寒顫顫的，有一回上火車去，致使管車的疑心他是扒手，叫車裡的客人大家小心些。

他們的話大概是真的，我就親見他有一次上講堂沒有帶領結。

過了一星期，大約是星期六，他使助手來叫我了。到得研究室，見他坐在人骨和許多單獨的頭骨中間，——他其時正在研究著頭骨，後來有一篇論文在本校的雜誌上發表出來。

「我的講義，你能抄下來麼？」他問。

「可以抄一點。」

「拿來我看！」

我交出所抄的講義去，他收下了，第二三天便還我，並且說，此後每一星期要送給他看一回。我拿下來打開看時，很吃了一驚，同時也感到一種不安和感激。原來我的講義已經從頭到末，都用紅筆添改過了，不但增加了許多脫漏的地方，連文法的錯誤，也都一一訂正。這樣一直繼續到教完了他所擔任的功課：骨學，血管學，神經學。

可惜我那時太不用功，有時也很任性。還記得有一回藤野先生將我叫到他的研究室裡去，翻出我那講義上的一個圖來，是下臂的血管，指著，向我和藹的說道：

「你看，你將這條血管移了一點位置了。——自然，這樣一移，的確比較的好看些，然而解剖圖不是美術，實物是那麼樣的，我們沒法改換它。現在我給你改好了，以後你要全照著黑板上那樣的畫。」

但是我還不服氣，口頭答應著，心裡卻想道：

「圖還是我畫的不錯；至於實在的情形，我心裡自然記得的。」

學年試驗完畢之後，我便到東京玩了一夏天，秋初再回學校，成績早已發表了，同學一百餘人之中，我在中間，不過是沒有落第。這回藤野先生所擔任的功課，是解剖實習和局部解剖學。

解剖實習了大概一星期，他又叫我去了，很高興地，仍用了極有抑揚的聲調對我說道：

「我因爲聽說中國人是很敬重鬼的，所以很擔心，怕你不肯解剖屍體。現在總算放心了，沒有這回事。」

但他也偶有使我很爲難的時候。他聽說中國的女人是裹腳的，但不知道詳細，所以要問我怎麼裹法，足骨變成怎樣的畸形，還嘆息道：「總要看一看才知道。究竟是怎麼一回事呢？」

有一天，本級的學生會幹事到我寓裡來了，要借我的講義看。我檢出來交給他們，卻只翻檢了一通，並沒有帶走。但他們一走，郵差就送到一封很厚的信，拆開看時，第一句是：

「你改悔罷！」

這是《新約》⑩上的句子罷，但經托爾斯泰⑪新近引用過的。其時正值日俄戰爭⑫，托老先生便寫了一封給俄國和日本的皇帝的信，開首便是這一句。日本報紙上很斥責他的不遜，愛國青年也憤然，然而暗地裡卻早受了他的影響了。其次的話，大略是說上年解剖學試驗的題目，是藤野先生在講義上做了記號，我預先知道的，所以能有這樣的成績。末尾是匿名。

我這才回憶到前幾天的一件事。因爲要開同級會，幹事便在黑板上寫廣告，末一句是「請全數到會勿漏爲要」，而且在「漏」字旁邊加了一個圈。我當時雖然覺到圈得可笑，但是毫不介意，這回才悟出那字也在譏刺我了，猶言我得了教員漏洩出來的題目。

我便將這事告知了藤野先生；有幾個和我熟識的同學也很不平，一同去詰責幹事托辭檢查的無禮，並且要求他們將檢查的結果，發表出來。終於這流言消滅了，幹事卻又竭力運動，要收回那一封匿名信去。結末是我便將這托爾斯泰式的信退還了他們。

中國是弱國，所以中國人當然是低能兒，分數在六十分以上，便不是自己的能力了；也無怪他們疑惑。但我接著便有參觀槍斃中國人的命運了。第二年添教黴菌學，細菌的形狀是全用電影⑬來顯示的，一段落已完而還沒有到下課的時候，便映幾片時事的片子，自然都是日本戰勝俄國的情形。但偏有中國人夾在裡邊：給俄國人做偵探，被日本軍捕獲，要槍斃了，圍著看的也是一群中國人；在講堂裡的還有一個我。

「萬歲！」他們都拍掌歡呼起來。

這種歡呼，是每看一片都有的，但在我，這一聲卻特別聽得刺耳。此後回到中國來，我看見那些閒看槍斃犯人的人們，他們也何嘗不酒醉似的喝采，——嗚呼，無法可想！但在那時那地，我的意見卻變化了。

到第二學年的終結，我便去尋藤野先生，告訴他我將不學醫學，並且離開這仙台。他的臉色彷彿有些悲哀，似乎想說話，但竟沒有說。

「我想去學生物學，先生教給我的學問，也還有用的。」其實我並沒有決意要學生物學，因爲看得他有些淒然，便說了一個慰安他的謊話。

「爲醫學而教的解剖學之類，怕於生物學也沒有什麼大幫助。」他嘆息說。

將走的前幾天，他叫我到他家裡去，交給我一張照相，後面寫著兩個字道：「惜別」，還說希望將我的也送他。但我這時適值沒有照相了；他便叮囑我將來照了寄給他，並且時時通信告訴他此後的狀況。

我離開仙台之後，就多年沒有照過相，又因爲狀況也無聊，說起來無非使他失望，便連信也怕敢寫了。經過的年月一多，話更無從說起，所以雖然有時想寫信，卻又難以下筆，這樣的一直到現在，竟沒有寄過一封信和一張照片。從他那一面看起來，是一去之後，杳無消息了。

但不知怎地，我總還時時記起他，在我所認爲我師的之中，他是最使我感激，給我鼓勵的一個。有時我常常想：他的對於我的熱心的希望，不倦的教誨，小而言之，是爲中國，就是希望中國有新的醫學；大而言之，是爲學術，就是希望新的醫學傳到中國去。他的性格，在我的眼裡和心裡是偉大的，雖然他的姓名並不爲許多人所知道。

他所改正的講義，我曾經訂成三厚本，收藏著的，將作爲永久的紀念。不幸七年前遷居⑭的時候，中途毀壞了一口書箱，失去半箱書，恰巧這講義也遺失在內了。責成運送局去找尋，寂無回信。只有他的照相至今還掛在我北京寓居的東牆上，書桌對面。每當夜間疲倦，正想偷懶時，仰面在燈光中瞥見他黑瘦的面貌，似乎正要說出抑揚頓挫的話來，便使我忽又良心發現，而且增加勇氣了，於是點上一枝煙，再繼續寫些爲「正人君子」之流所深惡痛嫉的文字。

十月十二日

注釋

①本篇最初發表於一九二六年十二月十日《莽原》半月刊第一卷第二十三期。

②**上野**　日本東京的公園，以櫻花著名。
③**速成班**　指東京弘文學院速成班；當時初到日本的我國留學生，一般先在這裡學習日語。
④**富士山**　日本最高的山峰，著名火山，位於本州島中南部。
⑤**仙台**　日本本州島東北部的城市，宮城縣首府。一九〇四年至一九〇六年作者曾在這裡習醫。
⑥**水戶**　日本本州島東部的城市，位於東京與仙台之間，舊爲水戶藩的都城。
⑦**朱舜水**（1600-1682）　名之瑜，號舜水，浙江餘姚人。明清之際的思想家。明亡後曾進行反清復明活動，事敗後長住日本講學，客死水戶。
⑧**芋梗湯**　日本人用芋梗等物和醬料做成的湯。
⑨**藤野嚴九郎**（1874-1945）　日本福井縣人。一八九六年在愛知縣立醫學專門學校畢業後，即在該校任教；一九〇一年轉任仙台醫學專門學校講師，一九〇四年升任教授；一九一五年回鄉自設診所，受到當地群眾的尊敬。作者逝世後，他曾作《謹憶周樹人君》一文（**載日本《文學指南》一九三七年三月號**）。
⑩《**新約**》　《新約全書》的簡稱，基督教《聖經》的後一部分。內容主要是記載耶穌及其門徒的言行。
⑪**托爾斯泰**（Л.Н. Tojiton, 1828-1910）　俄國作家。著有長篇小說《戰爭與和平》、《安娜・卡列尼娜》、《復活》等。下文所說他寫給俄國和日本皇帝的信，登在一九〇四年六月二十七日倫敦《泰晤士報》；兩個月後，譯載於日本《平民新聞》。

⑫日俄戰爭　指一九〇四年二月至一九〇五年九月，日本帝國主義和沙皇俄國爲爭奪在我國東北地區和朝鮮的侵略權益而進行的一次帝國主義戰爭。這次戰爭主要在我國境內進行，使我國人民遭受巨大的災難。

⑬電影　這裡指幻燈片。

⑭七年前遷居　指一九一九年十二月作者從紹興搬家到北京。

范愛農①

在東京的客店裡，我們大抵一起來就看報。學生所看的多是《朝日新聞》和《讀賣新聞》②，專愛打聽社會上瑣事的就看《二六新聞》。一天早晨，劈頭就看見一條從中國來的電報，大概是：

「安徽巡撫③恩銘被 Jo Shiki Rin 刺殺，刺客就擒。」

大家一怔之後，便容光煥發地互相告語，並且研究這刺客是誰，漢字是怎樣三個字。但只要是紹興人，又不專看教科書的，卻早已明白了。這是徐錫麟④，他留學回國之後，在做安徽候補道⑤，辦著巡警事務，正合於刺殺巡撫的地位。

大家接著就預測他將被極刑，家族將被連累。不久，秋瑾⑥姑娘在紹興被殺的消息也傳來了，徐錫麟是被挖了心，給恩銘的親兵炒食淨盡。人心很憤怒。有幾個人便秘密地開一個會，籌集川資；這時用得著日本浪人⑦了，撕烏賊魚下酒，慷慨一通之後，他便登程去接徐伯蓀的家屬去。

照例還有一個同鄉會，弔烈士，罵滿洲；此後便有人主張打電報到北京，痛斥滿政府的無人道。會眾即刻分成兩派：一派要發電，一派不要發。我是主張發電的，但當我說出之後，即有一種鈍滯的聲音跟著起來：

「殺的殺掉了，死的死掉了，還發什麼屁電報呢。」

這是一個高大身材，長頭髮，眼球白多黑少的人，看人總像在渺視。他蹲在席子上，我發言大抵就反對；我早覺得奇怪，注意著他的了，到這時才打聽別人：說這話的是誰呢，有那麼冷？認識的人告訴我說：他叫范愛農⑧，是徐伯蓀的學生。

我非常憤怒了，覺得他簡直不是人，自己的先生被殺了，連打一個電報還害怕，於是便堅執地主張要發電，同他爭起來。結果是主張發電的居多數，他屈服了。其次要推出人來擬電稿。

「何必推舉呢？自然是主張發電的人囉……。」他說。

我覺得他的話又在針對我，無理倒也並非無理的。但我便主張這一篇悲壯的文章必須深知烈士生平的人做，因為他比別人關係更密切，心裡更悲憤，做出來就一定更動人。於是又爭起來。結果是他不做，我也不做，不知誰承認做去了；其次是大家走散，只留下一個擬稿的和一兩個幹事，等候做好之後去拍發。

從此我總覺得這范愛農離奇，而且很可惡。天下可惡的人，當初以為是滿人，這時才知道還在其次；第一倒是范愛農。中國不革命則已，要革命，首先就必須將范愛農除去。

然而這意見後來似乎逐漸淡薄，到底忘卻了，我們從此也沒有再見面。直到革命的前一年，我在故鄉做教員，大概是春末時候罷，忽然在熟人的客座上看見了一個人，互相熟視了不過兩三秒鐘，我們便同時說：

「哦哦，你是范愛農！」

「哦哦，你是魯迅！」

不知怎地我們便都笑了起來，是互相的嘲笑和悲哀。他眼睛還是那樣，然而奇怪，只這幾年，頭上卻有了白髮了，但也許本來就有，我先前沒有留心到。他穿著很舊的布馬褂，破布鞋，顯得很寒素。談起自己的經歷來，他說他後來沒有了學費，不能再留學，便回來了。回到故鄉之後，又受著輕蔑，排斥，迫害，幾乎無地可容。現在是躲在鄉下，教著幾個小學生餬口。但因爲有時覺得很氣悶，所以也乘了航船進城來。

他又告訴我現在愛喝酒，於是我們便喝酒。從此他每一進城，必定來訪我，非常相熟了。我們醉後常談些愚不可及的瘋話，連母親偶然聽到了也發笑。一天我忽而記起在東京開同鄉會時的舊事，便問他：

「那一天你專門反對我，而且故意似的，究竟是什麼緣故呢？」

「你還不知道？我一向就討厭你的，——不但我，我們。」

「你那時之前，早知道我是誰麼？」

「怎麼不知道。我們到橫濱⑨，來接的不就是子英⑩和你麼？你看不起我們，搖搖頭，你自己還記得麼？」

我略略一想，記得的，雖然是七八年前的事。那時是子英來約我的，說到橫濱去接新來留學的同鄉。汽船一到，看見一大堆，大概一共有十多人，一上岸便將行李放到稅關上去候查檢，關吏在衣箱中翻來翻去，忽然翻出一雙繡花的弓鞋來，便放下公事，拿著仔細地看。我很不滿，心裡想，這些鳥男人，怎麼帶這東西來呢。自己不注意，那時也許就搖了搖頭。檢驗完畢，在客店小坐之後，即須上火車。不料這一群讀書人又在客車上讓起座位來了，甲要乙坐在這位上，乙要丙去坐，揖讓未終，火車已開，車身一搖，即刻跌倒了三四個。我那時也很不滿，暗地裡想：連火車上的座位，他們也要分出尊卑來……。自己不注意，也許又搖了搖頭。然而那群雍容揖讓的人物中就有范愛農，卻直到這一天才想到。豈但他呢，說起來也慚愧，這一群裡，還有後來在安徽戰死的陳伯平⑪烈士，被害的馬宗漢⑫烈士；被囚在黑獄裡，到革命後才見天日而身上永帶著匪刑的傷痕的也還有一兩人。而我都茫無所知，搖著頭將他們一併運上東京了。徐伯蓀雖然和他們同船來，卻不在這車上，因爲他在神戶⑬就和他的夫人坐車走了陸路了。

我想我那時搖頭大約有兩回，他們看見的不知道是哪一回。讓坐時喧鬧，檢查時幽靜，一定是在稅關上的那一回了，試問愛農，果然是的。

「我真不懂你們帶這東西做什麼？是誰的？」

「還不是我們師母的？」他瞪著他多白的眼。

「到東京就要假裝大腳，又何必帶這東西呢？」

「誰知道呢？你問她去。」

到冬初，我們的景況更拮据了，然而還喝酒，講笑話。忽然是武昌起義⑭，接著是紹興光復⑮。第二天愛農就上城來，戴著農夫常用的氈帽，那笑容是從來沒有見過的。

「老迅，我們今天不喝酒了。我要去看看光復的紹興。我們同去。」

我們便到街上去走了一通，滿眼是白旗。然而貌雖如此，內骨子是依舊的，因爲還是幾個舊鄉紳所組織的軍政府，什麼鐵路股東是行政司長，錢店掌櫃是軍械司長……。這軍政府也到底不長久，幾個少年一嚷，王金發⑯帶兵從杭州進來了，但即使不嚷或者也會來。他進來以後，也就被許多閑漢和新進的革命黨所包圍，大做王都督⑰。在衙門裡的人物，穿布衣來的，不上十天也大概換上皮袍子了，天氣還並不冷。

我被擺在師範學校校長的飯碗旁邊，王都督給了我校款二百元。愛農做監學，還是那件布袍子，但不大喝酒了，也很少有工夫談閑天。他辦事，兼教書，實在勤快得可以。

「情形還是不行，王金發他們。」一個去年聽過我的講義的少年來訪問我，慷慨地說，「我們要辦一種報⑱來監督他們。不過發起人要借用先生的名字。還有一個是子英先生，一個是德清⑲先生。為社會，我們知道你決不推卻的。」

我答應他了。兩天後便看見出報的傳單，發起人誠然是三個。五天後便見報，開首便罵軍政府和那裡面的人員；此後是罵都督，都督的親戚，同鄉，姨太太……。

這樣地罵了十多天，就有一種消息傳到我的家裡來，說都督因為你們詐取了他的錢，還罵他，要派人用手槍來打死你們了。

別人倒還不打緊，第一個著急的是我的母親，叮囑我不要再出去。但我還是照常走，並且說明，王金發是不來打死我們的，他雖然綠林大學⑳出身，而殺人卻不很輕易。況且我拿的是校款，這一點他還能明白的，不過說說罷了。

果然沒有來殺。寫信去要經費，又取了二百元。但彷彿有些怒意，同時傳令道：再來要，沒有了！不過愛農得到了一種新消息，卻使我很為難。原來所謂「詐取」者，並非指學校經費而言，是指另有送給報館的一筆款。報紙上罵了幾天之後，王金發便叫人送去了五百元。於是乎我們的少年們便開起會議來，第一個問題是：收不收？決議曰：收。第二個問題是：收了之後罵不罵？決議曰：罵。理由是：收錢之後，他是股東；股東不好，自然要罵。

我即刻到報館去問這事的真假。都是真的。略說了幾句不該收他錢的話，一個名爲會計的便不高興了，質問我道：

「報館爲什麼不收股本？」

「這不是股本……。」

「不是股本是什麼？」

我就不再說下去了，這一點世故是早已知道的，倘我再說出連累我們的話來，他就會面斥我太愛惜不值錢的生命，不肯爲社會犧牲，或者明天在報上就可以看見我怎樣怕死發抖的記載。

然而事情很湊巧，季茀㉑寫信來催我往南京了。愛農也很贊成，但頗淒涼，說：

「這裡又是那樣，住不得。你快去罷……。」

我懂得他無聲的話，決計往南京。先到都督府去辭職，自然照准，派來了一個拖鼻涕的接收員，我交出賬目和餘款一角又兩銅元，不是校長了。後任是孔教會㉒會長傅力臣。

報館案㉓是我到南京後兩三個星期了結的，被一群兵們搗毀。子英在鄉下，沒有事；德清適值在城裡，大腿上被刺了一尖刀。他大怒了。自然，這是很有些痛的，怪他不得。他大怒之後，脫下衣服，照了一張照片，以顯示一寸來寬的刀傷，並且做一篇文章敘述情形，向各處分送，宣傳軍政府的橫暴。我想，這種照片現在是大約未必還有人收藏著了，尺寸太小，刀傷縮小到幾乎等於無，如果不加說明，看見的人一定以為是帶些瘋氣的風流人物的裸體照片，倘遇見孫傳芳㉔大帥，還怕要被禁止的。

我從南京移到北京的時候，愛農的學監也被孔教會會長的校長設法去掉了。他又成了革命前的愛農。我想為他在北京尋一點小事做，這是他非常希望的，然而沒有機會。他後來便到一個熟人的家裡去寄食，也時時給我信，景況愈困窮，言詞也愈淒苦。終於又非走出這熟人的家不可，便在各處飄浮。不久，忽然從同鄉那裡得到一個消息，說他已經掉在水裡，淹死了。

我疑心他是自殺。因為他是浮水的好手，不容易淹死的。

夜間獨坐在會館裡，十分悲涼，又疑心這消息並不確，但無端又覺得這是極其可靠的，雖然並無證據。一點法子都沒有，只做了四首詩㉕，後來曾在一種日報上發表，現在是將要忘記完了。只記得一首裡的六句，起首四句是：「把酒論天下，先生小酒人。大圜猶酩酊，微醉合沉淪。」中間忘掉兩句，末了是「舊朋云散盡，餘亦等輕塵。」

後來我回故鄉去，才知道一些較為詳細的事。愛農先是什麼事也沒得做，因為大家討厭他。他很困難，但還喝酒，是朋友請他的。他已經很少和人們來往，常見的只剩下幾個後來認識的較為年輕的人了，然而他們似乎也不願意多聽他的牢騷，以為不如講笑話有趣。

「也許明天就收到一個電報，拆開來一看，是魯迅來叫我的。」他時常這樣說。

一天，幾個新的朋友約他坐船去看戲，回來已過夜半，又是大風雨，他醉著，卻偏要到船舷上去小解。大家勸阻他，也不聽，自己說是不會掉下去的。但他掉下去了，雖然能浮水，卻從此不起來。第二天打撈屍體，是在菱蕩裡找到的，直立著。

我至今不明白他究竟是失足還是自殺㉖。

他死後一無所有，遺下一個幼女和他的夫人。有幾個人想集一點錢作他女孩將來的學費的基金，因爲一經提議，即有族人來爭這筆款的保管權，——其實還沒有這筆款，——大家覺得無聊，便無形消散了。現在不知他唯一的女兒景況如何？倘在上學，中學已該畢業了罷。

十一月十八日

注釋

①本篇最初發表於一九二六年十二月二十五日《莽原》半月刊第一卷第二十四期。

②《朝日新聞》和《讀賣新聞》　都是日本資產階級報紙。下文的《二六新聞》應爲《二六新報》，以刊載聳人聽聞的新聞報導著稱。一九〇七年七月八日和九日的東京《朝日新聞》，都載有報導徐錫麟刺殺恩銘一案的新聞。

③巡撫　清代的省級最高官員。

④徐錫麟（1873-1907）　字伯蓀，浙江紹興人。清末革命團體光復會的重要成員。一九〇五年，在紹興創辦大通師範學堂，培植反清革命骨幹。一九〇六年春，爲便於從事革命活動，籌資捐了候補道，同年秋被分發到安徽；一九〇七年與秋瑾準備在浙皖兩省同時起義，七月六日

（清光緒三十三年五月二十六日），他以安徽巡警處會辦兼巡警學堂監督身份爲掩護，乘巡警學堂舉行畢業典禮之機，刺殺安徽巡撫恩銘，並率少數學生攻佔軍械所，彈盡被捕，當天即遭殺害。

⑤**候補道**　即候補道員。道員是清代官名，分總管省以下、府州以上一個行政區域職務的道員和專管一省特定職務的道員。據清代官制，通過科舉或捐納等途徑取得道員官銜，但不一定有實際職務。一般沒有實際職務的道員，由吏部抽籤分發到某部或某省，聽候差委，稱爲候補道。

⑥**秋瑾**（1879?-1907）　字璇卿，號競雄，別署鑑湖女俠，浙江紹興人。一九〇四年赴日本留學，積極參加留日學生的革命活動，先後加入光復會、同盟會。一九〇六年春回國。一九〇七年在紹興主持大通師範學堂，組織光復軍，和徐錫麟分頭準備在安徽、浙江兩省起義。徐錫麟起義失敗後，秋瑾亦被清政府逮捕，同年七月十五日（清光緒三十三年六月初六）在紹興軒亭口就義。

⑦**日本浪人**　指日本幕府時代失去祿位、四處流浪的武士。江戶時代（1603-1867），隨著幕府體制的瓦解，一時浪人激增。他們無固定職業，常受雇於人，從事各種好勇鬥狠的活動，日本帝國主義向外侵略時，就常以浪人爲先鋒。

⑧**范愛農**（1882-1912）　名斯年，字愛農，浙江紹興人。一九一二年七月十日與紹興《民興日報》友人遊湖時淹死。

⑨**橫濱**　日本本州島中南部港口城市，神奈川縣首府。在東京灣西岸。

⑩子英　姓陳名浚（1880–1950），浙江紹興人。

⑪陳伯平（1882–1907）　名淵，自號「光復子」，浙江紹興人。他是大通師範學堂的學生，曾兩次赴日本學警務和製造炸彈。一九〇七年六月與馬宗漢同赴安徽參加徐錫麟的起義活動；起事時在軍械所的戰鬥中陣亡。

⑫馬宗漢（1 884–1907）　字子畦，浙江餘姚人。一九〇五年去日本留學，次年回國；一九〇七年六月赴安徽參加徐錫麟的起義活動；起事中據守軍械所，彈盡被捕，備受酷刑後於八月二十四日就義。

⑬神戶　日本本州島西南部港口城市，兵庫縣首府。在大阪灣西北岸。

⑭武昌起義　即辛亥革命。一九一一年十月十日在武昌由同盟會等領導的推翻清王朝的武裝起義。

⑮紹興光復　據《中國革命記》第三冊（一九一一年上海自由社編印）記載：辛亥九月十四日（一九一二年十一月四日）「紹興府聞杭州爲民軍占領，即日宣布光復」。

⑯王金發（1882–1915）　名逸，字季高，浙江嵊縣人。浙東洪門會黨平陽黨的首領，後由光復會創始人陶成章介紹加入該會。一九一一年十一月十日，他率領光復軍進入紹興，十一日成立紹興軍政分府，自任都督。「二次革命」失敗後，在一九一五年七月十三日被袁世凱的走狗、浙江督軍朱瑞殺害於杭州。

⑰都督　官名。辛亥革命時爲地方最高軍政長官。以後改稱督軍。

⑱一種報　指《越鐸日報》，一九一二年一月三日在紹興創刊，一九一二年八月一日被搗毀。作者是該報發起人之一，並曾爲撰寫《〈越鐸〉出世辭》（收入《集外集拾遺補編》）。

⑲德清　即孫德卿，浙江紹興人。當時的一個開明紳士，曾參加反清革命運動。

⑳綠林大學　西漢末年王匡、王鳳等率領農民在綠林山（今湖北當陽縣東北）起義，號「綠林兵」；「綠林」的名稱即起源於此，後來用以泛指聚集山林反抗官府或搶劫財物的人們。王金發曾領導浙東洪門會黨平陽黨，號稱萬人，故作者在這裡戲稱他是「綠林大學出身」。

㉑季茀　許壽裳（1882-1948），字季茀，浙江紹興人。教育家。作者留學日本弘文學院時的同學，後又在教育部、北京女子師範大學、廣東中山大學等處同事多年。與作者交誼甚篤。著有《我所認識的魯迅》、《亡友魯迅印象記》等。抗日戰爭勝利後，在台灣大學任教，在一九四八年二月十八日深夜被刺殺於台北。此處所說「寫信來催我往南京」，是指他受當時教育總長蔡元培之託，邀作者去南京教育部任職。

㉒孔教會　一個爲袁世凱竊國復辟服務的尊孔派組織，一九一二年十月在上海成立，次年遷北京。當時各地封建勢力亦紛紛籌建此類組織。紹興的孔教會會長傅力臣是前清舉人，他同時兼任紹興教育會會長和紹興師範學校校長。

㉓報館案　指王金發所部士兵搗毀越鐸日報館一案。時在一九一二年八月一日，作者早已於五月離開南京，隨教育部遷到北京。這裡說「是我到南京後兩三個星期了結的」，記憶有誤。

㉔孫傳芳（1884-1935）　山東歷城人。北洋直系軍閥。一九二六年夏他盤踞江浙等地時，曾以保衛禮教爲由，下令禁止上海美術專門學校採用裸體模特兒。

㉕做了四首詩　作者悼范愛農的詩，實際上是三首。最初發表於一九一二年八月二十一日紹興《民興

日報》，署名黃棘，後收入《集外集》。下面說的「一首」指第三首，其五六句是「此別成終古，從茲絕緒言」。

㉖是失足還是自殺　一九一二年夏曆三月二十七日范愛農給作者信中，曾有「如此世界，實何生為？蓋吾輩生成傲骨，未能隨波逐流，惟死而已，端無生理」等語。這應是作者懷疑他可能投湖自殺的原因之一。

後記①

我在第三篇講《二十四孝》的開頭，說北京恐嚇小孩的「馬虎子」應作「麻胡子」，是指麻叔謀，而且以他爲胡人。現在知道是錯了；「胡」應作「祜」，是叔謀之名，見唐人李濟翁②做的《資暇集》卷下，題云《非麻胡》。原文如次：

「俗怖嬰兒曰：麻胡來？不知其源者，以爲多髯之神而驗刺者，非也。隋將軍麻祜，性酷虐，煬帝令開汴河，威棱既盛，至稚童望風而畏，互相恐嚇曰：麻祜來！稚童語不正，轉祜爲胡。只如憲宗朝涇將郝玼③，番中皆畏憚，其國嬰兒啼者，以玼怖之則止。又，武宗朝，閭閻孩孺相脅云：薛尹④來！咸類此也。況《魏志》載張文遠遼⑤來之明證乎？」（**原注：麻祜廟在睢陽。鄜方節度李丕即其後。丕為重建碑。**）

原來我的識見，就正和唐朝的「不知其源者」相同，貽譏於千載之前，真是咎有應得，只好苦笑。但又不知麻祜廟碑或碑文，現今尙在睢陽或存於方志中否？倘在，我們當可以看見和小說《開河記》⑥所載相反的他的功業。

因爲想尋幾張插畫，常維鈞⑦兄給我在北京搜集了許多材料，有幾種是爲我所未曾見過的。如光緒己卯（一八七九）肅州胡文炳作的《二百卌孝圖》——原書有注云：「卌讀如習。」我真不解他何以不直稱四十，而必須如此麻煩——即其一。我所反對的「郭巨埋兒」，他於我還未出世的前幾年，已經刪去了。序有云：

「……坊間所刻《二十四孝》，善矣。然其中郭巨埋兒一事，揆之天理人情，殊不可以訓。……炳竊不自量，妄為編輯。凡矯枉過正而刻意求名者，概從割愛；惟擇其事之不詭於正，而人人可為者，類為六門。……」

這位肅州胡老先生的勇決，委實令我佩服了。但這種意見，恐怕是懷抱者不乏其人，而且由來已久的，不過大抵不敢毅然刪改，筆之於書。如同治十一年（一八七二）刻的《百孝圖》⑧，前有紀常鄭績序，就說：

「……況邇來世風日下，沿習澆漓，不知孝出天性自然，反以孝作另成一事。且擇古人投爐⑨埋兒為忍心害理，指割股抽腸為損親遺體。殊未審孝只在乎心，不在乎迹。盡孝無定形，行孝無定事。古之孝者非在今所宜，今之孝者難泥古之事。因此時此地不同，而其人其事各異，求其所以盡孝之心則一也。子夏曰：事父母能竭其力。故孔門問孝，所答何嘗有同然乎？……」

則同治年間就有人以埋兒等事為「忍心害理」，灼然可知。至於這一位「紀常鄭績」先生的意思，我卻還是不大懂，或者像是說：這些事現在可以不必學，但也不必說他錯。

這部《百孝圖》的起源有點特別，是因為見了「粵東顏子」的《百美新咏》⑩而作的。人重色而己重孝，衛道之盛心可謂至矣。雖然是「會稽俞葆真蘭浦編輯」，與不佞有同鄉之誼，——但我還只得老實說：不大高明。例如木蘭從軍⑪的出典，他注云：「隋史」。這樣名目的書，現今是沒有的；倘是《隋書》⑫，那裡面又沒有木蘭從軍的事。

而中華民國九年（一九二〇），上海的書店卻偏偏將它用石印翻印了，書名的前後各添了兩個字：《男女百孝圖全傳》。第一頁上還有一行小字道：家庭教育的好模範。又加了一篇「吳下大錯王鼎謹識」的序，開首先發同治年間「紀常鄭績」先生一流的感慨：

「慨自歐化東漸，海內承學之士，囂囂然侈談自由平等之說，致道德日就淪胥，人心日益澆漓，寡廉鮮恥，無所不為，僥倖行險，人思幸進，求所謂砥礪廉隅，束身自愛者，世不多睹焉。……起觀斯世之忍心害理，幾全如陳叔寶⑬之無心肝。長此滔滔，伊何底止？……」

其實陳叔寶模糊到好像「全無心肝」，或者有之，若拉他來配「忍心害理」，卻未免有些冤枉。這是有幾個人以評「郭巨埋兒」和「李娥投爐」的事的。

至於人心，有幾點確也似乎正在澆漓起來。自從《男女之秘密》，《男女交合新論》出現後，上海就很有些書名喜歡用「男女」二字冠首。現在是連「以正人心而厚風俗」的《百孝圖》上也加上了。這大概為因不滿於《百美新咏》而教孝的「會稽俞葆真蘭浦」先生所不及料的罷。

從說「百行之先」⑭的孝而忽然拉到「男女」上去，彷彿也近乎不莊重，——澆漓。但我總還想趁便說幾句，——自然竭力來減省。

我們中國人即使對於「百行之先」，我敢說，也未必就不想到男女上去的。太平無事，閑人很多，偶有「殺身成仁捨身取義」的，本人也許忙得不暇檢點，而活著的旁觀者總會加以綿密的研究。曹娥的投江覓父⑮，淹死後抱父屍出，是載在正史⑯，很有許多人知道的。但這一個「抱」字卻發生過問題。

我幼小時候，在故鄉曾經聽到老年人這樣講：

「……死了的曹娥，和她父親的屍體，最初是面對面抱著浮上來的。然而過往行人看見的都發笑了，說：哈哈！這麼一個年輕姑娘抱著這麼一個老頭子！於是那兩個死屍又沈下去了；停了一刻又浮起來，這回是背對背的負著。」

好！在禮儀之邦裡，連一個年幼——嗚呼，「娥年十四」而已——的死孝女要和死父親一同浮出，也有這麼艱難！

我檢查《百孝圖》和《二百卌孝圖》，畫師都很聰明，所畫的是曹娥還未跳入江中，只在江岸啼哭。但吳友如⑰畫的《女二十四孝圖》（1892）卻正是兩屍一同浮出的這一幕，而且也正畫作「背對背」，如第一圖的上方。我想，他大約也知道我所聽到的那故事的。還有《後二十四孝圖說》，也是吳友如畫，也有曹娥，則畫作正在投江的情狀，如第一圖下。

就我現今所見的教孝的圖說而言，古今頗有許多遇盜，遇虎，遇火，遇風的孝子，那應付的方法，十之九是「哭」和「拜」。

中國的哭和拜，什麼時候才完呢？

至於畫法，我以爲最簡古的倒要算日本的小田海僊本，這本子早已印入《點石齋叢畫》裡，變成國貨，很容易入手的了。吳友如畫的最細巧，也最能引動人。但他於歷史畫其實是不大相宜的；

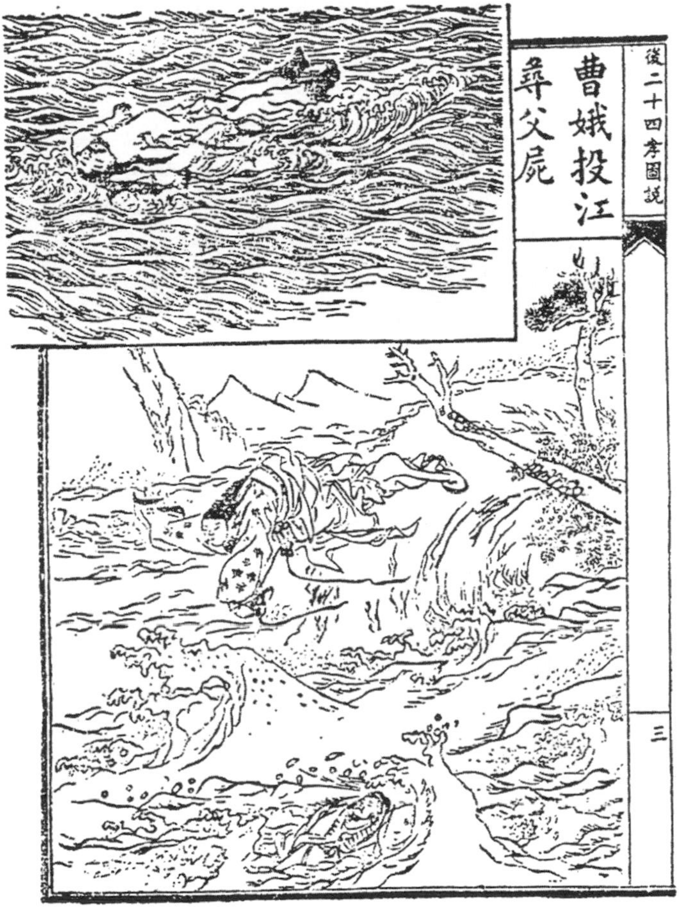

第一圖

他久居上海的租界裡，耳濡目染，最擅長的倒在作「惡鴇虐妓」，「流氓拆梢⑱」一類的時事畫，那真是勃勃有生氣，令人在紙上看出上海的洋場來。但影響殊不佳，近來許多小說和兒童讀物的插畫中，往往將一切女性畫成妓女樣，一切孩童都畫得像一個小流氓，大半就因爲太看了他的畫本的緣故。

而孝子的事跡也比較地更難畫，因爲總是慘苦的多。譬如「郭巨埋兒」，無論如何總難以畫到引得孩子眉飛色舞，自願躺到坑裡去。還有「嘗糞心憂」⑲，也不容易引人入勝。還有老萊子的「戲彩娛親」，題詩上雖說「喜色滿庭幃」，而圖畫上卻絕少有有趣的家庭的氣息。

我現在選取了三種不同的標本，合成第二圖。上方的是《百孝圖》中的一部分，「陳村何雲梯」畫的，畫的是「取水上堂詐跌臥地作嬰兒啼」這一段。也帶出「雙親開口笑」來。中間的一小塊是我從「直北李錫彤」畫的《二十四孝圖詩合刊》上描下來的，畫的是「著五色斑斕之衣爲嬰兒戲於親側」這一段；手裡捏著「搖咕咚」，就是「嬰兒戲」這三個字的點題。但大約李先生覺得一個高大的老頭子玩這樣的把戲究竟不像樣，將他的身子竭力收縮，畫成一個有鬍子的小孩子了。然而仍然無趣。至於線的錯誤和缺少，那是不能怪作者的，也不能埋怨我，只能去罵刻工。查這刻工當前清同治十二年（一八七三）時，是在「山東省布政司街南首路西鴻文堂刻字處」。下方的是「民國壬戌」（一九二二）慎獨山房刻本，無畫人姓名，但是雙料畫法，一面「詐跌臥地」，一面「爲嬰兒戲」，將兩件事合起來，而將「斑斕之衣」忘卻了。吳友如畫的一本，也合兩事爲一，也忘了斑斕之衣，只是老萊子比較的胖一些，且綰著雙丫髻，——不過還是無趣味。

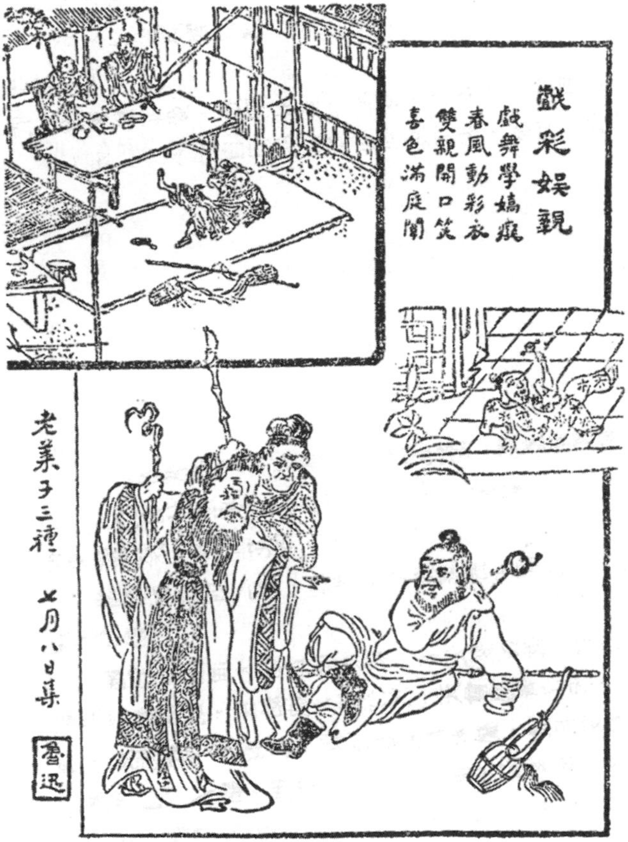

第二圖

人說，諷刺和冷嘲只隔一張紙，我以爲有趣和肉麻也一樣。孩子對父母撒嬌可以看得有趣，若是成人，便未免有些不順眼。放達的夫妻在人面前的互相愛憐的態度，有時略一跨出有趣的界線，也容易變爲肉麻。老萊子的作態的圖，正無怪誰也畫不好。像這些圖畫上似的家庭裡，我是一天也住不舒服的，你看這樣一位七十歲的老太爺整年假惺惺地玩著一個「搖咕咚」。

漢朝人在宮殿和墓前的石室裡，多喜歡繪畫或雕刻古來的帝王，孔子弟子，烈士，烈女，孝子之類的圖。宮殿當然一椽不存了；石室卻偶然還有，而最完全的是山東嘉祥縣的武氏石室⑳。我彷彿記得那上面就刻著老萊子的故事。但現在手頭既沒有拓本，也沒有《金石萃編》㉑，不能查考了；否則，將現時的和約一千八百年前的圖畫比較起來，也是一種頗有趣味的事。

關於老萊子的，《百孝圖》上還有這樣的一段：

「……萊子又有弄雛娛親之事：嘗弄雛於雙親之側，欲親之喜。」（**原注：《高士傳》㉒。**）誰做的《高士傳》呢？嵇康的，還是皇甫謐的？也還是手頭沒有書，無從查考。只在新近因爲白得了一個月的薪水，這才發狠買來的《太平御覽》上查了一通，到底查不著，倘不是我粗心，那就是出於別的唐宋人的類書㉓裡的了。但這也沒有什麼大關係。我所覺得特別的，是文中的那「雛」字。

我想，這「雛」未必一定是小禽鳥。孩子們喜歡弄來玩耍的，用泥和綢或布做成的人形，日本也叫Hina，寫作「雛」。他們那裡往往存留中國的古語；而老萊子在父母面前弄孩子的玩具，也比弄小禽鳥更自然。所以英語的Doll，即我們現在稱爲「洋囡囡」或「泥人兒」，而文字上只好寫作「傀儡」的，說不定古人就稱「雛」，後來中絕，便只殘存於日本了。但這不過是我一時的臆測，此外也並無什麼堅實的憑證。

這弄雛的事，似乎也還沒有人畫過圖。

我所搜集的另一批，是內有「無常」的畫像的書籍。一曰《玉歷鈔傳警世》（或無下二字），一曰《玉歷至寶鈔》（或作編）。其實是兩種都差不多的。關於搜集的事，我首先仍要感謝常維鈞兄，他寄給我北京龍光齋本，又鑒光齋本；天津思過齋本，又石印局本；南京李光明莊本。其次是章矛塵㉔兄，給我杭州瑪瑙經房本，紹興許廣記本，最近石印本。又其次是我自己，得到廣州寶經閣本，又翰元樓本。

這些《玉歷》，有繁簡兩種，是和我的前言相符的。但我調查了一切無常的畫像之後，卻恐慌起來了。因爲書上的「活無常」是花袍，紗帽，背後插刀；而拿算盤，戴高帽子的卻是「死有分」！雖然面貌有兇惡和和善之別，腳下有草鞋和布（？）鞋之殊，也不過畫工偶然的隨便，而最關緊要的題字，則全體一致，曰「死有分」。嗚呼，這明明是專在和我爲難。

然而我還不能心服。一者因爲這些書都不是我幼小時候所見的那一部，二者因爲我還確信我的記憶並沒有錯。不過撕下一頁來做插畫的企圖，卻被無聲無臭地打得粉碎了。只得選取標本各一——南京本的死有分和廣州本的活無常——之外，還自己動手，添畫一個我所記得的目連戲或迎神賽會中的「活無常」來塞責，如第三圖上方。好在我並非畫家，雖然太不高明，讀者也許不至於嗔責罷。

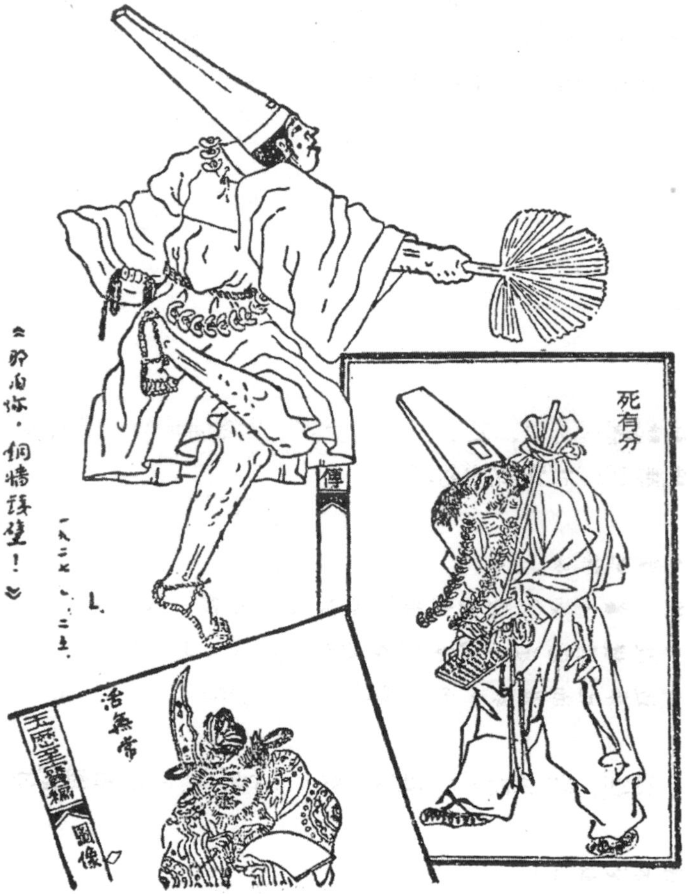

第三圖

先前想不到後來，曾經對於吳友如先生輩頗說過幾句蹊蹺話，不料曾幾何時，即須自己出醜了，現在就預先辯解幾句在這裡存案。但是，如果無效，那也只好直抄徐（印世昌）大總統的哲學：聽其自然。㉕

還有不能心服的事，是我覺得雖是宣傳《玉歷》的諸公，於陰間的事情其實也不大了然。例如一個人初死時的情狀，那圖像就分成兩派。一派是只來一位手執鋼叉的鬼卒，叫作「勾魂使者」，此外什麼都沒有；一派是一個馬面，兩個無常——陽無常和陰無常——而並非活無常和死有分。倘說，那兩個就是活無常和死有分罷，則和單個的畫像又不一致。如第四圖版上的A，陽無常何嘗是花袍紗帽？只有陰無常卻和單畫的死有分頗相像的，但也放下算盤拿了扇。這還可以說大約因為其時是夏天，然而怎麼又長了那麼長的絡腮鬍子了呢？難道夏天時疫多，他竟忙得連修刮的工夫都沒有了麼？這圖的來源是天津思過齋的本子，合併聲明；還有北京和廣州本上的，也相差無幾。

B是從南京的李光明莊刻本上取來的，圖畫和A相同，而題字則正相反了：天津本指為陰無常者，它卻道是陽無常。但和我的主張是一致的。那麼，倘有一個素衣高帽的東西，不問他鬍子之有無，北京人，天津人，廣州人只管去稱為陰無常或死有分，我和南京人則叫他活無常，各隨自己的便罷。「名者，實之賓也」㉖，不關什麼緊要的。

不過我還要添上一點C圖，是紹興許廣記刻本中的一部分，上面並無題字，不知宣傳者於意云何。我幼小時常常走過許廣記的門前，也閑看他們刻圖畫，是專愛用弧線和直線，不大肯作曲線

的，所以無常先生的真相，在這裡也難以判然。只是他身邊另有一個小高帽，卻還能分明看出，爲

第四圖

別的本子上所無。這就是我所說過的在賽會時候出現的阿領。他連辦公時間也帶著兒子（？）走，我想，大概是在叫他跟隨學習，預備長大之後，可以「無改於父之道」㉗的。

除勾攝人魂外，十殿閻羅王中第四殿五官王的案桌旁邊，也什九站著一個高帽腳色。如D圖，1取自天津的思過齋本，模樣頗漂亮；2是南京本，舌頭拖出來了，不知何故；3是廣州的寶經閣本，扇子破了；4是北京龍光齋本，無扇，下巴之下一條黑，我看不透它是鬍子還是舌頭；5是天津石印局本，也頗漂亮，然而站到第七殿泰山王的公案桌邊去了：這是很特別的。

又，老虎噬人的圖上，也一定畫有一個高帽的腳色，拿著紙扇子暗地裡在指揮。不知道這也就是無常呢，還是所謂「倀鬼」㉘？但我鄉戲文上的倀鬼都不戴高帽子。

研究這一類三魂渺渺，七魄茫茫，「死無對證」的學問，是很新穎，也極占便宜的。假使徵集材料，開始討論，將各種往來的信件都編印起來，恐怕也可以出三四本頗厚的書，並且因此升爲「學者」。但是，「活無常學者」，名稱不大冠冕，我不想幹下去了，只在這裡下一個武斷：

《玉曆》式的思想是很粗淺的：「活無常」和「死有分」，合起來是人生的象徵。人將死時，本只須死有分來到。因爲他一到，這時候，也就可見「活無常」。

但民間又有一種自稱「走陰」或「陰差」的，是生人暫時入冥，幫辦公事的腳色。因爲他幫同勾魂攝魄，大家也就稱之爲「無常」；又以其本是生魂也，則別之曰「陽」，但從此便和「活無常」隱然相混了。如第四圖版之A，題爲「陽無常」的，是平常人的普通裝束，足見明明是陰差，他的職務只在領鬼卒進門，所以站在階下。

既有了生魂入冥的「陽無常」，便以「陰無常」來稱職務相似而並非生魂的死有分了。做目連戲和迎神賽會雖說是禱祈，同時也等於娛樂，扮演出來的應該是陰差，而普通狀態太無趣，——無所謂扮演，——不如奇特些好，於是就將「那一個無常」的衣裝給他穿上了；——自然原也沒有知道得很清楚。然而從此也更傳訛下去。所以南京人和我之所謂活無常，是陰差而穿著死有分的衣冠，頂著真的活無常的名號，大背經典，荒謬得很的。

不知海內博雅君子，以爲何如？

我本來並不準備做什麼後記，只想尋幾張舊畫像來做插圖，不料目的不達，便變成一面比較，剪貼，一面亂發議論了。那一點本文或作或輟地幾乎做了一年，這一點後記也或作或輟地幾乎做了兩個月。天熱如此，汗流浹背，是亦不可以已乎：爰爲結。

一九二七年七月十一日，寫完於廣州東堤寓樓之西窗下。

注釋

①本篇最初發表於一九二七年八月十日《莽原》半月刊第二卷第十五期。

②**李濟翁**　名匡義，他著的《資暇集》共三卷，是一部考證古物、記述史事的書。

③**郝玭**　《舊唐書》作郝玭，唐貞元、元和年間，爲臨涇（今甘肅鎮元縣之南）鎮將（後升為刺史）。他在邊疆三年，每次征戰都不帶糧草，取之於敵，威鎮吐蕃。故下文說「蕃中皆畏憚」。蕃，指當時青藏高原的少數民族。據《舊唐書·郝玭傳》載，「玭……在邊三十年，……蕃人畏之如神。……蕃中兒啼者，呼玭名以怖之。」

④**薛尹**　指薛元賞，唐武宗會昌年間，曾任京兆尹。據《新唐書·薛元賞傳》載：「元賞到府三日，收惡少，杖死三十餘輩，陳諸市。」

⑤**張文遠遼**　張遼（169-222），字文遠，三國雁門馬邑（今山西朔縣）人。曹操部將，屢建戰功。建安二十年（215）孫權攻合肥，他率敢死士八百人大破權軍，名震江東。

⑥**《開河記》**　宋人作傳奇小說。參看本書《二十四孝圖》注③。

⑦**常維鈞**　名惠，河北宛平（今北京豐台區）人。北京大學法文系畢業，曾任北大《歌謠》週刊編輯。

⑧**《百孝圖》**　即《百孝圖說》。共五卷，另附詩一卷，清代俞葆真編輯，俞泰繪圖。

⑨**投爐**　三國時吳國李娥的故事。《太平御覽》卷四一五引《紀聞》說：「娥父吳大帝時爲鐵官冶，以鑄軍器；一夕煉金，竭爐而金不出。時吳方草創，法令至嚴，諸耗折官物十萬，即坐斬；倍又沒入其家，而娥父所損折數過千萬。娥年十五，痛傷之，因火烈，遂自投於爐中，赫然燭天。於是金液沸湧，溢於爐口，娥所躡二履浮出於爐，身則化矣。」

⑩《百美新咏》　清代乾隆時廣東顏希源編著的詩畫集，內收關於古代美女潘妃、窅娘等百人的詩和畫像。分《新咏》、《圖傳》、《集咏》三部分。《新咏》是顏希源自己的題詠，每人一首；《圖傳》即畫像；《集咏》是收集前人題詠潘妃等的詩篇。

⑪木蘭從軍　木蘭代父從軍的故事，見北朝時民間產生的《木蘭詩》，不見於「正史」。

⑫《隋書》　紀傳體隋代史，共八十五卷。唐代魏徵等編撰。

⑬陳叔寶　南朝時的陳後主。《南史·陳本紀》：「（陳叔寶）即見宥，隋文帝給賜甚厚，數得引見，班同三品；每預宴，恐致傷心，為不奏吳音。後監守者奏言：『叔寶云，「既無秩位，每預朝集，願得一官號。」隋文帝曰：『叔寶全無心肝。』」

⑭「百行之先」　語出《舊唐書·劉君良附宋興貴傳》所引唐高祖詔：「士有百行，孝敬為先。」

⑮曹娥的投江覓父　曹娥事見於《後漢書·孝女曹娥傳》：「孝女曹娥者，會稽上虞人也。父盱，能弦歌，為巫祝。漢安二年五月五日，於縣江溯濤婆娑迎神，溺死，不得屍骸。娥年十四，乃沿江號哭，晝夜不絕聲，旬有七日，遂投江而死。」在三國魏邯鄲淳作的《曹娥碑》文中才有曹娥「經五日抱父屍出」的話。

⑯正史　歷代封建王朝組織編寫或認可的史書。清高宗（乾隆）時規定從《史記》到《明史》共二十四部史書為「正史」。

⑰吳友如（？-約1893）　吳猷（嘉猷）的筆名，江蘇元和（今吳縣）人，清末畫家。他先在蘇州畫年畫，後到上海主繪《點石齋畫報》，並為許多小說作繡像，曾匯印有作品集《吳友如畫室》。

⑱ **析梢** 上海方言。指流氓製造事端詐取財物的行爲。

⑲ 「**嘗糞心憂**」 梁代庾黔婁的故事。見《梁書‧庾黔婁傳》，庾黔婁的父親庾易病重時，「醫云：『欲知差（瘥）劇，但嘗糞甜苦。』易泄痢，黔婁輒取嘗之」。

⑳ **武氏石室** 指東漢武氏家族墓葬的四個石室，四壁有石刻畫像，其中以武梁祠爲最早，故一般稱《武梁祠畫像》。

㉑ 《**金石萃編**》 共一六〇卷，清代王昶編。輯錄夏、商、周至宋末的金石文字一千五百餘件，《武梁祠畫像》也收入在內。

㉒ 《**高士傳**》 三卷，晉代皇甫謐撰。記錄上古至魏晉高士九十六人。據南宋李石《續博物志》，皇甫原書記述高士七十二人，今本係後人抄錄《太平御覽》所引嵇康《高士傳》、《後漢書》等增益而成。

㉓ **類書** 輯錄各門類或某一門類的資料，以供尋檢、徵引的工具書。通常分類編排，也有用分韻、分字等方法編排的。

㉔ **章矛塵** 名廷謙，筆名川島。浙江紹興人。著有《和魯迅相處的日子》等。

㉕ **徐世昌**（1855-1939） 字菊人，天津人。清宣統時任內閣協理大臣；一九一八年至一九二二年任北洋政府總統。他是一個老於世故的圓滑的官僚，「聽其自然」是他常說的處世方法的一句話。

㉖ 「**名者，實之賓也**」 語見《莊子‧逍遙遊》。這裡的意思是說，事物的本身是主要的，名稱是從屬的。

㉗「無改於父之道」　語見《論語・學而》：「三年無改於父之道，可謂孝矣。」

㉘倀鬼　舊時迷信傳說，人被虎吃掉後，其「鬼魂」反助虎吃人，稱爲「虎倀」或「倀鬼」。成語「爲虎作倀」即源於此。

二、無花薔薇

這也是生活

這也是病中的事情。

有一些事，健康者或病人是不覺得的，也許遇不到，也許太微細。到得大病初癒，就會經驗到；在我，則疲勞之可怕和休息之舒適，就是兩個好例子。我先前往往自負，從來不知道所謂疲勞。書桌面前有一把圓椅，坐著寫字或用心的看書，是工作；旁邊有一把藤躺椅，靠著談天或隨意的看報，便是休息；覺得兩者並無很大的不同，而且往往以此自負。現在才知道是不對的，所以並無大不同者，乃是因爲並未疲勞，也就是並未出力工作的緣故。

我有一個親戚的孩子，高中畢了業，卻只好到襪廠裏去做學徒，心情已經很不快活的了，而工作又很繁重，幾乎一年到頭，並無休息。他是好高的，不肯偷懶，支持了一年多。有一天，忽然坐倒了，對他的哥哥道：「我一點力氣也沒有了。」

他從此就站不起來，送回家裏，躺著，不想飲食，不想動彈，不想言語，請了耶穌教堂的醫生來看，說是全體什麼病也沒有，然而全體都疲乏了。也沒有什麼法子治。自然，連接而來的是靜靜的死。我也曾經有過兩天這樣的情形，但原因不同，他是做乏，我是病乏的。我的確什麼欲望也沒有，似乎一切都和我不相干，所有舉動都是多事，我沒有想到死，但也沒有覺得生；這就是所謂「無欲望狀態」，是死亡的第一步。曾有愛我者因此暗中下淚；然而我有轉機了，我要喝一點湯水，我有時也看看四近的東西，如牆壁，蒼蠅之類，此後才能覺得疲勞，才需要休息。

像心縱意的躺倒，四肢一伸，大聲打一個呵欠，又將全體放在適宜的位置上，然後弛懈了一切用力之點，這真是一種大享樂。在我是從來未曾享受過的。我想，強壯的，或者有福的人，恐怕也未曾享受過。

記得前年，也在病後，做了一篇《病後雜談》，共五節，投給《文學》，但後四節無法發表，印出來只剩了頭一節了。雖然文章前面明明有一個「一」字，此後突然而止，並無「二」「三」，仔細一想是就會覺得古怪的，但這不能要求於每一位讀者，甚而至於不能希望於批評家。於是有人據這一節，下我斷語道：「魯迅是贊成生病的。」現在也許暫免這種災難了，但我還不如先在這裏聲明一下：「我的話到這裏還沒有完。」

有了轉機之後四五天的夜裏，我醒來了，喊醒了廣平。

「給我喝一點水。並且去開開電燈，給我看來看去的看一下。」

「爲什麼？……」她的聲音有些驚慌，大約是以爲我在講昏話。

「因爲我要過活。你懂得麼？這也是生活呀。我要看來看去的看一下。」

「哦……」她走起來，給我喝了幾口茶，徘徊了一下，又輕輕的躺下了，不去開電燈。

我知道她沒有懂得我的話。

街燈的光穿窗而入，屋子裏顯出微明，我大略一看，熟識的牆壁，壁端的棱線，熟識的書堆，堆邊的未訂的畫集，外面的進行著的夜，無窮的遠方，無數的人們，都和我有關。我存在著，我在生活，我將生活下去，我開始覺得自己更切實了，我有動作的欲望——但不久我又墜入了睡眠。

第二天早晨在日光中一看，果然，熟識的牆壁，熟識的書堆……這些，在平時，我也時常看它們的，其實是算作一種休息。但我們一向輕視這等事，縱使也是生活中的一片，卻排在喝茶搔癢之下，或者簡直不算一回事。我們所注意的是特別的精華，毫不在枝葉。給名人作傳的人，也大抵一味鋪張其特點，李白怎樣做詩，怎樣耍顛，拿破崙怎樣打仗，怎樣不睡覺，卻不說他們怎樣不耍顛，要睡覺。其實，一生中專門耍顛或不睡覺，是一定活不下去的，人之有時能耍顛和不睡覺，就因爲倒是有時不耍顛和也睡覺的緣故。然而人們以爲這些平凡的都是生活的渣滓，一看也不看。

於是所見的人或事，就如盲人摸象，摸著了腳，即以爲象的樣子像柱子。中國古人，常欲得其「全」，就是製婦女用的「烏雞白鳳丸」，也將全雞連毛血都收在丸藥裏，方法固然可笑，主意卻是不錯的。

刪夷枝葉的人，決定得不到花果。

爲了不給我開電燈，我對於廣平很不滿，見人即加以攻擊；到得自己能走動了，就去一翻她所看的刊物，果然，在我臥病期中，全是精華的刊物已經出得不少了，有些東西，後面雖然仍舊是「美容妙法」，「古木發光」，或者「尼姑之秘密」，但第一面卻總有一點激昂慷慨的文章。作文已經有了「最中心之主題」：連義和拳時代和德國統帥瓦德西睡了一些時候的賽金花，也早已封爲九天護國娘娘了。

尤可驚服的是先前用《御香縹緲錄》，把清朝的宮廷講得津津有味的《申報》上的《春秋》，也已經時而大有不同，有一天竟在卷端的《點滴》裏，教人當吃西瓜時，也該想到我們土地的被割碎，像這西瓜一樣。自然，這是無時無地無事而不愛國，無可訾議的。但倘使我一面這樣想，一面吃西瓜，我恐怕一定咽不下去，即使用勁咽下，也難免不能消化，在肚子裏咕咚的響它好半天。這也未必是因為我病後神經衰弱的緣故。我想，倘若用西瓜作比，講過國恥講義，卻立刻又會高高興興的把這西瓜吃下，成為血肉的營養的人，這人恐怕是有些麻木。對他無論講什麼講義，都是毫無功效的。

我沒有當過義勇軍，說不確切。但自己問：戰士如吃西瓜，是否大抵有一面吃，一面想的儀式的呢？我想：未必有的。他大概只覺得口渴，要吃，味道好，卻並不想到此外任何好聽的大道理。吃過西瓜，精神一振，戰鬥起來就和喉乾舌敝時候不同，所以吃西瓜和抗敵的確有關係，但和應該怎樣想的上海設定的戰略，卻是不相干。這樣整天哭喪著臉去吃喝，不多久，胃口就倒了，還抗什麼敵。然而人往往喜歡說得稀奇古怪，連一個西瓜也不肯主張平平常常的吃下去。其實，戰士的日常生活，是並不全部可歌可泣的，然而又無不和可歌可泣之部相關聯，這才是實際上的戰士。

八月二十三日

上海所感

一有所感，倘不立刻寫出，就忘卻，因爲會習慣。幼小時候，洋紙一到手，便覺得羊臊氣撲鼻，現在卻什麼特別的感覺也沒有了。初看見血，心裏是不舒服的，不過久住在殺人的名勝之區，則即使見了掛著的頭顱，也不怎麼詫異。這就是因爲能夠習慣的緣故。由此看來，人們──至少，是我一般的人們，要從自由人變成奴隸，怕也未必怎麼煩難罷。無論什麼，都會慣起來的。

中國是變化繁多的地方，但令人並不覺得怎樣變化。變化太多，反而很快的忘卻了。倘要記得這麼多的變化，實在也非有超人的記憶力就辦不到。

但是，關於一年中的所感，雖然淡漠，卻還能夠記得一些的。不知怎的，好像無論什麼，都成了潛行活動，秘密活動了。

至今爲止，所聽到的是革命者因爲受著壓迫，所以用著潛行，或者秘密的活動，但到一九三三年，卻覺得統治者也在這麼辦的了。譬如罷，闊佬甲到闊佬乙所在的地方來，一般的人們，總以爲是來商量政治的，然而報紙上卻道並不爲此，只因爲要遊名勝，或是到溫泉裏洗澡；外國的外交官來到了，它告訴讀者的是也並非有什麼外交問題，不過來看看某大名人的貴恙。但是，到底又總好像並不然。

用筆的人更能感到的，是所謂文壇上的事。有錢的人，給綁匪架去了，作爲抵押品，上海原是常有的，但近來卻連作家也往往不知所往。有些人說，那是給政府那面捉去了，然而好像政府那面的人們，卻道並不是。然而又好像實在也還是在屬於政府的什麼機關裏的樣子。犯禁的書籍雜誌的目錄，是沒有的，然而郵寄之後，也往往不知所往。假如是列寧的著作罷，那自然不足爲奇，但《國木田獨步集》有時也不行，還有，是亞米契斯的《愛的教育》。不過，賣著也許犯忌的東西的書店，卻還是有的，雖然還有，而有時又會從不知什麼地方飛來一柄鐵錘，將窗上的大玻璃打破，損失是二百元以上。打破兩塊的書店也有，這回是合計五百元正了。有時也撒些傳單，署名總不外乎什麼什麼團之類。

平安的刊物上，是登著莫索里尼或希特拉的傳記，恭維著，還說是要救中國，必須這樣的英雄，然而一到中國的莫索里尼或希特拉是誰呢這一個緊要結論，卻總是客氣著不明說。這是秘密，要讀者自己悟出，各人自負責任的罷。對於論敵，當和蘇俄絕交時，就說他得著盧布，抗日的時候，則說是在將中國的秘密向日本賣錢。但是，用了筆墨來告發這賣國事件的人物，卻又用的是化名，好像萬一發生效力，敵人因此被殺了，他也不很高興負這責任似的。

革命者因爲受壓迫，所以鑽到地裏去，現在是壓迫者和他的爪牙，也躲進暗地裏去了。這是因爲雖在軍刀的保護之下，胡說八道，其實卻毫無自信的緣故；而且連對於軍刀的力量，也在懷疑。一面胡說八道，一面想著將來的變化，就越加縮進暗地裏去，準備著情勢一變，就另換一副面孔，另拿一張旗子，從新來一回。而拿著軍刀的偉人存在外國銀行裏的錢，也使他們的自信力更加動搖的。這是爲不遠的將來計。爲了遼遠的將來，則在願意在歷史上留下一個芳名。中國和印度不同，是看重歷史的。但是，並不怎麼相信，總以爲只要用一種什麼好手段，就可以使人寫得體體面面。然而對於自己以外的讀者，那自然要他們相信的。

我們從幼小以來，就受著對於意外的事情，變化非常的事情，絕不驚奇的教育。那教科書是《西遊記》，全部充滿著妖怪的變化。例如牛魔王呀，孫悟空呀……就是。據作者所指示，是也有邪正之分的，但總而言之，兩面都是妖怪，所以在我們人類，大可以不必怎樣關心。然而，假使這不是書本上的事，而自己也身歷其境，這可頗有點為難了。以為是洗澡的美人罷，卻是蜘蛛精；以為是寺廟的大門罷，卻是猴子的嘴，這教人怎麼過。早就受了《西遊記》教育，嚇得氣絕是大約不至於的，但總之，無論對於什麼，就都不免要懷疑了。

外交家是多疑的，我卻覺得中國人大抵都多疑。如果跑到鄉下去，向農民問路徑，問他的姓名，問收成，他總不大肯說老實話。將對手當蜘蛛精看是未必的，但好像他總在以為會給他什麼禍祟。這種情形，很使正人君子們憤慨，就給了他們一個徽號，叫作「愚民」。但在事實上，帶給他們禍祟的時候卻也並非全沒有。因了一整年的經驗，我也就比農民更加多疑起來，看見顯著正人君子模樣的人物，竟會覺得他也許正是蜘蛛精了。然而，這也就會習慣的罷。

愚民的發生，是愚民政策的結果，秦始皇已經死了二千多年，看看歷史，是沒有再用這種政策的了，然而，那效果的遺留，卻久遠得多麼駭人呵！

十二月五日

「招貼即扯」

工愁的人物，真是層出不窮。開年正月，就有人怕罵倒了一切古今人，只留下自己的沒意思。要是古今中外真的有過這等事，這才叫作希奇，但實際上並沒有，將來大約也不會有。豈但一切古今人，連一個人也沒有罵倒過。凡是倒掉的，決不是因為罵，卻只為揭穿了假面。揭穿假面，就是指出了實際來，這不能混謂之罵。

然而世間往往混為一談。就以現在最流行的袁中郎為例罷，既然肩出來當作招牌，看客就不免議論這招牌，怎樣撕破了衣裳，怎樣畫歪了臉孔。這其實和中郎本身是無關的，所指的是他的自以為徒子徒孫們的手筆。然而徒子徒孫們就以為罵了他的中郎爺，憤慨和狼狽之狀可掬，覺得現在的世界是比五四時代更狂妄了。但是，現在的袁中郎臉孔究竟畫得怎樣呢？時代很近，文證具存，除了變成一個小品文的老師，「方巾氣」的死敵而外，還有些什麼？

和袁中郎同時活在中國的，無錫有一個顧憲成，他的著作，開口「聖人」，閉口「吾儒」，真是滿紙「方巾氣」。而且嫉惡如仇，對小人決不假借。他說：「吾聞之：凡論人，當觀其趨向之大體。趨向苟正，即小節出入，不失為君子；趨向苟差，即小節可觀，終歸於小人。又聞：為國家者，莫要於扶陽抑陰，君子即不幸有詿誤，當保護愛惜成就之；小人即小過乎，當早排絕，無令為後患。……」（《自反錄》）推而廣之，也就是倘要論袁中郎，當看他趨向之大體，趨向苟正，不妨恕其偶講空話，作小品文，因為他還有更重要的一方面在。正如李白會做詩，就可以不責其喝酒，如果只會喝酒，便以半個李白，或李白的徒子徒孫自命，那可是應該趕緊將他「排絕」的。

中郎還有更重要的一方面麼？有的。萬曆三十七年，顧憲成辭官，時中郎「主陝西鄉試，發策，有『過劣巢由』之語。監臨者問『意云何？』袁曰：『今吳中大賢亦不出，將令世道何所倚賴，故發此感爾。』」（《顧端文公年譜》下）中郎正是一個關心世道，佩服「方巾氣」人物的人，贊《金瓶梅》，作小品文，並不是他的全部。

中郎之不能被罵倒，正如他之不能被畫歪。但因此也就不能作他的蛀蟲們的永久的巢穴了。

一月二十六日

隱士

隱士，歷來算是一個美名，但有時也當作一個笑柄。最顯著的，則有刺陳眉公的「翩然一隻雲中鶴，飛去飛來宰相衙」的詩，至今也還有人提及。我以爲這是一種誤解。因爲一方面，是「自視太高」，於是別方面也就「求之太高」，彼此「忘其所以」，不能「心照」，而又不能「不宣」，從此口舌也多起來了。

非隱士的心目中的隱士，是聲聞不彰，息影山林的人物。但這種人物，世間是不會知道的。一到掛上隱士的招牌，則即使他並不「飛去飛來」，也一定難免有些表白，張揚；或是他的幫閒們的開鑼喝道——隱士家裏也會有幫閒，說起來似乎不近情理，但一到招牌可以換飯的時候，那是立刻就有幫閒的，這叫作「啃招牌邊」。這一點，也頗爲非隱士的人們所詬病，以爲隱士身上而有油可揩，則隱士之闊綽可想了。

其實這也是一種「求之太高」的誤解，和硬要有名的隱士，老死山林中者相同。凡是有名的隱士，他總是已經有了「悠哉遊哉，聊以卒歲」的幸福的。倘不然，朝砍柴，晝耕田，晚澆菜，夜織屨，又那有吸煙品茗，吟詩作文的閒暇？陶淵明先生是我們中國赫赫有名的大隱，一名「田園詩人」，自然，他並不辦期刊，也趕不上吃「庚款」，然而他有奴子。漢晉時候的奴子，是不但侍候主人，並且給主人種地，營商的，正是生財器具。所以雖是淵明先生，也還略略有些生財之道在，要不然，他老人家不但沒有酒喝，而且沒有飯吃，早已在東籬旁邊餓死了。

所以我們倘要看看隱君子風，實際上也只能看看這樣的隱君子，真的「隱君子」是沒法看到的。古今著作，足以汗牛而充棟，但我們可能找出樵夫漁父的著作來？他們的著作是砍柴和打魚。至於那些文士詩翁，自稱什麼釣徒樵子的，倒大抵是悠游自得的封翁或公子，何嘗捏過釣竿或斧頭柄。要在他們身上賞鑒隱逸氣，我敢說，這只能怪自己糊塗。

登仕，是噉飯之道，歸隱，也是噉飯之道。假使無法噉飯，那就連「隱」也隱不成了。「飛去飛來」，正是因為要「隱」，也就是因為要噉飯；肩出「隱士」的招牌來，掛在「城市山林」裏，這就正是所謂「隱」，也就是噉飯之道。幫閒們或開鑼，或喝道，那是因為自己還不配「隱」，所以只好揩一點「隱」油，其實也還不外乎噉飯之道。

漢唐以來，實際上是入仕並不算鄙，隱居也不算高，而且也不算窮，必須欲「隱」而不得，這才看作士人的末路。唐末有一位詩人左偃，自述他悲慘的境遇道：「謀隱謀官兩無成」，是用七個字道破了所謂「隱」的秘密的。「謀隱」無成，才是淪落，可見「隱」總和享福有些相關，至少是不必十分掙扎謀生，頗有悠閒的餘裕。但讚頌悠閒，鼓吹煙茗，卻又是掙扎之一種，不過掙扎得隱藏一些。雖「隱」，也仍然要噉飯，所以招牌還是要油漆，要保護的。泰山崩，黃河溢，隱士們目無見，耳無聞，但苟有議及自己們或他的一夥的，則雖千里之外，半句之微，他便耳聰目明，奮袂而起，好像事件之大，遠勝於宇宙之滅亡者，也就為了這緣故。其實連和蒼蠅也何嘗有什麼相關。

明白這一點，對於所謂「隱士」也就毫不詫異了，心照不宣，彼此都省事。

一月二十五日

聽說夢

做夢，是自由的，說夢，就不自由。做夢，是做真夢的，說夢，就難免說謊。

大年初一，就得到一本《東方雜誌》新年特大號，臨末有「新年的夢想」，問的是「夢想中的未來中國」和「個人生活」，答的有一百四十多人。記者的苦心，我是明白的，想必以為言論不自由，不如來說夢，而且與其說所謂真話之假，不如來談談夢話之真，我高興的翻了一下，知道記者先生卻大大的失敗了。

當我還未得到這本特大號之前，就遇到過一位投稿者，他比我先看見印本，自說他的答案已被資本家刪改了，他所說的夢其實並不如此。這可見資本家雖然還沒法禁止人們做夢，而說了出來，倘為權力所及，卻要干涉的，決不給你自由。這一點，已是記者的大失敗。

但我們且不去管這改夢案子，只來看寫著的夢境罷，誠如記者所說，來答覆的幾乎全部是智識分子。首先，是誰也覺得生活不安定，其次，是許多人夢想著將來的好社會，「各盡所能」呀，「大同世界」呀，很有些「越軌」氣息了（末三句是我添的，記者並沒有說）。

但他後來就有點「痴」起來，他不知從那裏拾來了一種學說，將一百多個夢分為兩大類，說那些夢想好社會的都是「載道」之夢，是「異端」，正宗的夢應該是「言志」的，硬把「志」弄成一個空洞無物的東西。然而，孔子曰，「盍各言爾志」，而終於贊成曾點者，就因為其「志」合於孔子之「道」的緣故也。

其實是記者的所以爲「載道」的夢，那裏面少得很。文章是醒著的時候寫的，問題又近於「心理測驗」，遂致對答者不能不做出各各適宜於目下自己的職業，地位，身分的夢來（已被刪改者自然不在此例），即使看去好像怎樣「載道」，但爲將來的好社會「宣傳」的意思，是沒有的。所以，雖然夢「大家有飯吃」者有人，夢「無階級社會」者有人，夢「大同世界」者有人，而很少有人夢見建設這樣社會以前的階級鬥爭，白色恐怖，轟炸，虐殺，鼻子裏灌辣椒水，電刑……倘不夢見這些，好社會是不會來的，無論怎麼寫得光明，終究是一個夢，空頭的夢，說了出來，也無非教人都進這空頭的夢境裏面去。

然而要實現這「夢」境的人們是有的，他們不是說，而是做，夢著將來，而致力於達到這一種將來的現在。因爲有這事實，這才使許多智識分子不能不說好像「載道」的夢，但其實並非「載道」，乃是給「道」載了一下，倘要簡潔，應該說是「道載」的。

爲什麼會給「道載」呢？曰：爲目前和將來的吃飯問題而已。

我們還受著舊思想的束縛，一說到吃，就覺得近乎鄙俗。但我是毫沒有輕視對答者諸公的意思的。《東方雜誌》記者在《讀後感》裏，也曾引佛洛伊特的意見，以爲「正宗」的夢，是「表現各人的心底的秘密而不帶著社會作用的」。但佛洛伊特以被壓抑爲夢的根柢——人爲什麼被壓抑的呢？這就和社會制度，習慣之類連結了起來，單是做夢不打緊，一說，一問，一分析，可就不妥當了。記者沒有想到這一層，於是就一頭撞在資本家的朱筆上。但引「壓抑說」來釋夢，我想，大家必已經不以爲忤了罷。

不過，佛洛伊特恐怕是有幾文錢，吃得飽飽的罷，所以沒有感到吃飯之難，只注意於性欲。有許多人正和他在同一境遇上，就也轟然的拍起手來。誠然，他也告訴過我們，女兒多愛父親，兒子多愛母親，即因爲異性的緣故。然而嬰孩出生不多久，無論男女，就尖起嘴唇，將頭轉來轉去。莫非它想和異性接吻麼？不，誰都知道：是要吃東西！

食欲的根柢，實在比性欲還要深，在目下開口愛人，閉口情書，並不以爲肉麻的時候，我們也大可以不必諱言要吃飯。因爲是醒著做的夢，所以不免有些不真，因爲題目究竟是「夢想」，而且如記者先生所說，我們是「物質的需要遠過於精神的追求」了，所以乘著 Censors（也引用佛洛伊特語）的監護好像解除了之際，便公開了一部分。其實也是在「夢中貼標語，喊口號」，不過不是積極的罷了，而且有些也許倒和表面的「標語」正相反。

時代是這麼變化，飯碗是這樣艱難，想想現在和將來，有些人也只能如此說夢，同是小資產階級（雖然也有人定我為「封建餘孽」或「土著資產階級」，但我自己姑且定為屬於這階級），很能夠彼此心照，然而也無須秘而不宣的。

至於另有些夢爲隱士，夢爲漁樵，和本相全不相同的名人，其實也只是豫感飯碗之脆，而卻想將吃飯範圍擴大起來，從朝廷而至園林，由洋場及於山澤，比上面說過的那些志向要大得遠，不過這裏不來多說了。

一月一日

無花的薔薇

1

又是 Schopenhauer 先生的話——

「無刺的薔薇是沒有的。——然而沒有薔薇的刺卻很多。」題目改變了一點，較爲好看了。

「無花的薔薇」也還是愛好看。

2

去年，不知怎的這位叔本華先生忽然合於我們國度裏的紳士們的脾胃了，便拉扯了他的一點《女人論》；我也就夾七夾八地來稱引了好幾回，可惜都是刺，失了薔薇，實在大煞風景，對不起紳士們。

記得幼小時候看過一齣戲，名目忘卻了，一家正在結婚，而勾魂的無常鬼已到，夾在婚儀中間，一同拜堂，一同進房，一同坐床……實在大煞風景，我希望我還不至於這樣。

3

有人說我是「放冷箭者」。

我對於「放冷箭」的解釋，頗有些和他們一流不同，是說有人受傷，而不知這箭從什麼地方射出。所謂「流言」者，庶幾近之。但是我，卻明明站在這裏。

但是我，有時雖射而不說明靶子是誰，這是因爲初無「與眾共棄」之心，只要該靶子獨自知道，知道有了洞，再不要面皮鼓得急繃繃，我的事就完了。

4

蔡孑民先生一到上海，《晨報》就據國聞社電報鄭重地發表他的談話，而且加以按語，以爲「當爲歷年潛心研究與冷眼觀察之結果，大足詔示國人，且爲知識階級所注意也。」

我很疑心那是胡適之先生的談話，國聞社的電碼有些錯誤了。

5

豫言者，即先覺，每爲故國所不容，也每受同時人的迫害，大人物也時常這樣。他要得人們的恭維讚歎時，必須死掉，或者沉默，或者不在面前。

總而言之，第一要難於質證。

如果孔丘，釋迦，耶穌基督還活著，那些教徒難免要恐慌。對於他們的行爲，真不知道教主先生要怎樣慨歎。

所以，如果活著，只得迫害他。

待到偉大的人物成爲化石，人們都稱他偉人時，他已經變了傀儡了。

有一流人之所謂偉大與渺小，是指他可給自己利用的效果的大小而言。

6

法國羅曼羅蘭先生今年滿六十歲了。晨報社爲此徵文徐志摩先生於介紹之餘，發感慨道：「……但如其有人拿一些時行的口號，什麼打倒帝國主義等等，或是分裂與猜忌的現象，去報告羅蘭先生說這是新中國，我再也不能預料他的感想了。」（《晨副》一二九九）

他住得遠，我們一時無從質證，莫非從「詩哲」的眼光看來，羅蘭先生的意思，是以爲新中國應該歡迎帝國主義的麼？

「詩哲」又到西湖看梅花去了，一時也無從質證。不知孤山的古梅，著花也未，可也在那裏反對中國人「打倒帝國主義」？

7

志摩先生曰：「我很少誇獎人的。但西瀅就他學法郎士的文章說，我敢說，已經當得起一句天津話：『有根』了。」而且「像西瀅這樣，在我看來，才當得起『學者』的名詞。」（《晨副》一四二三）

西瀅教授曰：「中國的新文學運動，方在萌芽，可是稍有貢獻的人，如胡適之，徐志摩，郭沫若，郁達夫，丁西林，周氏兄弟等等都是曾經研究過他國文學的人。尤其是志摩他非但在思想方

面，就是在體制方面，他的詩及散文，都已經有一種中國文學裏從來不曾有過的風格。」（《現代》六三）

雖然抄得麻煩，但中國現今「有根」的「學者」和「尤其」的思想家及文人，總算已經互相選出了。

8

志摩先生曰：「魯迅先生的作品，說來大不敬得很，我拜讀過很少，就只《吶喊》集裏兩三篇小說，以及新近因爲有人尊他是中國的尼采他的《熱風》集裏的幾頁。他平常零星的東西，我即使看也等於白看，沒有看進去或是沒有看懂。」（《晨副》一四三三）

西瀅教授曰：「魯迅先生一下筆就構陷人家的罪狀。……可是他的文章，我看過了就放進了應該去的地方——說句體己話，我覺得它們就不應該從那裏出來——手邊卻沒有。」（同上）

雖然抄得麻煩，但我總算已經被中國現在「有根」的「學者」和「尤其」的思想家及文人協力踏倒了。

9

但我願奉還「曾經研究過他國文學」的榮名。「周氏兄弟」之一，一定又是我了。我何嘗研究過什麼呢，做學生時候看幾本外國小說和文人傳記，就能算「研究過他國文學」麼？

該教授——恕我打一句「官話」——說過，我笑別人稱他們爲「文士」，而不笑「某報天天鼓吹」我是「思想界的權威者」。現在不了，不但笑，簡直唾棄它。

10

其實呢，被毀則報，被譽則默，正是人情之常。誰能說人的左頰既受愛人接吻而不作一聲，就得援此爲例，必須默默地將右頰給仇人咬一口呢？

我這回的竟不要那些西瀅教授所頒賞陪襯的榮名，「說句體己話」罷，實在是不得已。我的同鄉不是有「刑名師爺」的麼？他們都知道，有些東西，爲要顯示他傷害你的時候的公正，在不相干的地方就稱讚你幾句，似乎有賞有罰，使別人看去，很像無私……。

「帶住！」又要「構陷人家的罪狀」了。只是這一點，就已經夠使人「即使看也等於白看」，或者「看過了就放進了應該去的地方」了。

二月二十七日

生命的路

想到人類的滅亡是一件大寂寞大悲哀的事；然而若干人們的滅亡，卻並非寂寞悲哀的事。

生命的路是進步的，總是沿著無限的精神三角形的斜面向上走，什麼都阻止他不得。

自然賦與人們的不調和還很多，人們自己萎縮墮落退步的也還很多，然而生命決不因此回頭。無論什麼黑暗來防範思潮，什麼悲慘來襲擊社會，什麼罪惡來褻瀆人道，人類的渴仰完全的潛力，總是踏了這些鐵蒺藜向前進。

生命不怕死，在死的面前笑著跳著，跨過了滅亡的人們向前進。

什麼是路？就是從沒路的地方踐踏出來的，從只有荊棘的地方開闢出來的。

以前早有路了，以後也該永遠有路。

人類總不會寂寞，因為生命是進步的，是樂天的。

昨天，我對我的朋友L①說；「一個人死了，在死者自身和他的眷屬是悲慘的事，但在一村一鎮的人看起來不算什麼，就是一省一國一種……」

L很不高興，說，「這是Natur（自然）的話，不是人們的話。你應該小心些。」

我想，他的話也不錯。

注釋

①這裡和下文的「L」，最初發表時都作「魯迅」。

經驗

古人所傳授下來的經驗，有些實在是極可寶貴的，因爲它曾經費去許多犧牲，而留給後人很大的益處。

偶然翻翻《本草綱目》，不禁想起了這一點。這一部書，是很普通的書，但裏面卻含有豐富的寶藏。自然，捕風捉影的記載，也是在所不免的，然而大部分的藥品的功用，卻由歷久的經驗，這才能夠知道到這程度，而尤其驚人的是關於毒藥的敘述。我們一向喜歡恭維古聖人，以爲藥物是由一個神農皇帝獨自嘗出來的，他曾經一天遇到過七十二毒，但都有解法，沒有毒死。這種傳說，現在不能主宰人心了。人們大抵已經知道一切文物，都是歷來的無名氏所逐漸的造成。建築，烹飪，漁獵，耕種，無不如此；醫藥也如此。這麼一想，這事情可就大起來了：大約古人一有病，最初只好這樣嘗一點，那樣嘗一點，吃了毒的就死，吃了不相干的就無效，有的竟吃到了對證的就好起來，於是知道這是對於某一種病痛的藥。這樣地累積下去，乃有草創的紀錄，後來漸成爲龐大的書，如《本草綱目》就是。而且這書中的所記，又不獨是中國的，還有阿刺伯人的經驗，有印度人的經驗，則先前所用的犧牲之大，更可想而知了。

然而也有經過許多人經驗之後，倒給了後人壞影響的，如俗語說「各人自掃門前雪，莫管他家瓦上霜」的便是其一。救急扶傷，一不小心，向來就很容易被人所誣陷，而還有一種壞經驗的結果的歌訣，是「衙門八字開，有理無錢莫進來」，於是人們就只要事不干己，還是遠遠的站開乾淨。我想，人們在社會裏，當初是並不這樣彼此漠不相關的，但因豺狼當道，事實上因此出過許多犧牲，後來就自然的都走到這條道路上去了。所以，在中國，尤其是在都市裡，倘使路上有暴病倒地，或翻車摔傷的人，路人圍觀或甚至於高興的人盡有，肯伸手來扶助一下的人卻是極少的。這便是犧牲所換來的壞處。

總之，經驗的所得的結果無論好壞，都要很大的犧牲，雖是小事情，也免不掉要付驚人的代價。例如近來有些看報的人，對於什麼宣言，通電，講演，談話之類，無論它怎樣駢四儷六，崇論宏議，也不去注意了，甚而還至於不但不注意，看了倒不過做做嘻笑的資料。這那裏有「始制文字，乃服衣裳」一樣重要呢，然而這一點點結果，卻是犧牲了一大片地面，和許多人的生命財產換來的。生命，那當然是別人的生命，倘是自己，就得不著這經驗了。所以一切經驗，是只有活人才能有的，我的決不上別人譏刺我怕死，就去自殺或拚命的當，而必須寫出這一點來，就爲此。而且這也是小小的經驗的結果。

六月十二日

死

當印造凱綏・珂勒惠支（Kaethe Kollwitz）所作版畫的選集時，曾請史沫德黎（A. Smedley）女士做一篇序。自以為這請得非常合適，因為她們倆原極熟識的。不久做來了，又逼著茅盾先生譯出，現已登在選集上。其中有這樣的文字：

「許多年來，凱綏・珂勒惠支——她從沒有一次利用過贈授給她的頭銜——作了大量的畫稿，速寫，鉛筆作的和鋼筆作的速寫，木刻，銅刻。把這些來研究，就表示著有二大主題支配著，她早年的主題是反抗，而晚年的是母愛，母性的保障，救濟，以及死。而籠照於她所有的作品之上的，是受難的，悲劇的，以及保護被壓迫者深切熱情的意識。

「有一次我問她：『從前你用反抗的主題，但是現在你好像很有點拋不開死這觀念。這是為什麼呢？』用了深有所苦的語調，她回答道，『也許因為我是一天一天老了！……』」

我那時看到這裏，就想了一想。算起來：她用「死」來做畫材的時候，是一九一〇年頃；這時她不過四十三四歲。我今年這「想了一想」，當然和年紀有關，但回憶十餘年前，對於死卻還沒有感到這麼深切。大約我們的生死久已被人們隨意處置，認為無足重輕，所以自己也看得隨隨便便，不像歐洲人那樣的認真了。有些外國人說，中國人最怕死。這其實是不確的，——但自然，每不免模模糊糊的死掉則有之。

大家所相信的死後的狀態，更助成了對於死的隨便。誰都知道，我們中國人是相信有鬼（近時或謂之「靈魂」）的，既有鬼，則死掉之後，雖然已不是人，卻還不失為鬼，總還不算是一無所有。不過設想中的做鬼的久暫，卻因其人的生前的貧富而不同。窮人們是大抵以為死後就去輪迴的，根源出於佛教。佛教所說的輪迴，當然手續繁重，並不這麼簡單，但窮人往往無學，所以不明白。這就是使死罪犯人綁赴法場時，大叫「二十年後又是一條好漢」，面無懼色的原因。況且相傳鬼的衣服，是和臨終時一樣的，窮人無好衣裳，做了鬼也決不怎麼體面，實在遠不如立刻投胎，化為赤條條的嬰兒的上算。我們曾見誰家生了小孩，胎裏就穿著叫化子或是游泳家的衣服的麼？從來沒有。這就好，從新來過。也許有人要問，既然相信輪迴，那就說不定來生會墮入更窮苦的景況，或者簡直是畜生道，更加可怕了。但我看他們是並不這樣想的，他們確信自己並未造出該入畜生道的罪孽，他們從來沒有能墮畜生道的地位，權勢和金錢。

然而有著地位，權勢和金錢的人，卻又並不覺得該墮畜生道；他們倒一面化為居士，準備成佛，一面自然也主張讀經復古，兼做聖賢。他們像活著時候的超出人理一樣，自以為死後也超出了輪迴的。至於小有金錢的人，則雖然也不覺得該受輪迴，但此外也別無雄才大略，只豫備安心做鬼。所以年紀一到五十上下，就給自己尋葬地，合壽材，又燒紙錠，先在冥中存儲，生下子孫，每年可吃羹飯。這實在比做人還享福。假使我現在已經是鬼，在陽間又有好子孫，那麼，又何必零星賣稿，或向北新書局去算賬呢，只要很閒適的躺在楠木或陰沉木的棺材裏，逢年逢節，就自有一桌盛饌和一堆國幣擺在眼前了，豈不快哉！

就大體而言，除極富貴者和冥律無關外，大抵窮人利於立即投胎，小康者利於長久做鬼。小康者的甘心做鬼，是因爲鬼的生活（這兩字大有語病，但我想不出適當的名詞來），就是他還未過厭的人的生活的連續。陰間當然也有主宰者，而且極其嚴厲，公平，但對於他獨獨頗肯通融，也會收點禮物，恰如人間的好官一樣。

有一批人是隨隨便便，就是臨終也恐怕不大想到的，我向來正是這隨便黨裏的一個。三十年前學醫的時候，曾經研究過靈魂的有無，結果是不知道；又研究過死亡是否苦痛，結果是不一律，後來也不再深究，忘記了。近十年中，有時也爲了朋友的死，寫點文章，不過好像並不想到自己。這兩年來病特別多，一病也比較的長久，這才往往記起了年齡，自然，一面也爲了有些作者們筆下的好意的或是惡意的不斷的提示。

從去年起，每當病後休養，躺在藤躺椅上，每不免想到體力恢復後應該動手的事情：做什麼文章，翻譯或印行什麼書籍。想定之後，就結束道：就是這樣罷——但要趕快做。這「要趕快做」的想頭，是爲先前所沒有的，就因爲在不知不覺中，記得了自己的年齡。卻從來沒有直接的想到「死」。

直到今年的大病，這才分明的引起關於死的豫想來。原先是仍如每次的生病一樣，一任著日本的S醫師的診治的。他雖不是肺病專家，然而年紀大，經驗多，從習醫的時期說，是我的前輩，又極熟識，肯說話。自然，醫師對於病人，縱使怎樣熟識，說話是還是有限度的，但是他至少已經給了我兩三回警告，不過我仍然不以爲意，也沒有轉告別人。大約實在是日子太久，病象太險了的緣故罷，幾個朋友暗自協商定局，請了美國的D醫師來診察了。他是在上海的唯一的歐洲的肺病專家，經過打診，聽診之後，雖然譽我爲最能抵抗疾病的典型的中國人，然而也宣告了我的就要滅亡；並且說，倘是歐洲人，則在五年前已經死掉。這判決使善感的朋友們下淚。我也沒有請他開方，因爲我想，他的醫學從歐洲學來，一定沒有學過給死了五年的病人開方的法子。然而D醫師的診斷卻實在是極準確的，後來我照了一張用X光透視的胸像，所見的景象，竟大抵和他的診斷相同。

我並不怎麼介意於他的宣告，但也受了些影響，日夜躺著，無力談話，無力看書。連報紙也拿不動，又未曾煉到「心如古井」，就只好想，而從此竟有時要想到「死」了。不過所想的也並非「二十年後又是一條好漢」，或者怎樣久住在楠木棺材裏之類，而是臨終之前的瑣事。在這時候，我才確信，我是到底相信人死無鬼的。我只想到過寫遺囑，以爲我倘曾貴爲宮保，富有千萬，兒子和女婿及其他一定早已逼我寫好遺囑了，現在卻誰也不提起。但是，我也留下一張罷。當時好像很想了一些，都是寫給親屬的，其中有的是：

一，不得因爲喪事，收受任何人的一文錢。——但老朋友的，不在此例。

二，趕快收斂，埋掉，拉倒。

三，不要做任何關於紀念的事情。

四，忘記我，管自己生活。——倘不，那就真是糊塗蟲。

五，孩子長大，倘無才能，可尋點小事情過活，萬不可去做空頭文學家或美術家。

六，別人應許給你的事物，不可當真。

七，損著別人的牙眼，卻反對報復，主張寬容的人，萬勿和他接近。

此外自然還有，現在忘記了。只還記得在發熱時，又曾想到歐洲人臨死時，往往有一種禮儀，是請別人寬恕，自己也寬恕了別人。我的怨敵可謂多矣，倘有新式的人問起我來，怎麼回答呢？我想了一想，決定的是：讓他們怨恨去，我也一個都不寬恕。

但這儀式並未舉行，遺囑也沒有寫，不過默默的躺著，有時還發生更切迫的思想：原來這樣就算是在死下去，倒也並不苦痛；但是，臨終的一刹那，也許並不這樣的罷；然而，一世只有一次，無論怎樣，總是受得了的……。後來，卻有了轉機，好起來了。到現在，我想，這些大約並不是真的要死之前的情形，真的要死，是連這些想頭也未必有的，但究竟如何，我也不知道。

九月五日

火

普洛美修斯偷火給人類，總算是犯了天條，貶入地獄。但是，鑽木取火的燧人氏卻似乎沒有犯竊盜罪，沒有破壞神聖的私有財產——那時候，樹木還是無主的公物。然而燧人氏也被忘卻了，到如今只見中國人供火神菩薩，不見供燧人氏的。

火神菩薩只管放火，不管點燈。凡是火著就有他的份。因此，大家把他供養起來，希望他少作惡。然而如果他不作惡，他還受得著供養麼，你想？

點燈太平凡了。從古至今，沒有聽到過點燈出名的名人，雖然人類從燧人氏那裏學會了點火已經有五六千年的時間。放火就不然。秦始皇放了一把火——燒了書沒有燒人；項羽入關又放了一把火——燒的是阿房宮不是民房（？——待考）。……羅馬的一個什麼皇帝卻放火燒百姓了；中世紀正教的僧侶就會把異教徒當柴火燒，間或還灌上油。這些都是一世之雄。現代的希特拉就是活證人。如何能不供養起來。何況現今是進化時代，火神菩薩也代代跨灶的。

譬如說罷，沒有電燈的地方，小百姓不顧什麼國貨年，人人都要買點洋貨的煤油，晚上就點起來：那麼幽黯的黃澄澄的光線映在紙窗上，多不大方！不准，不准這麼點燈！你們如果要光明的話，非得禁止這樣「浪費」煤油不可。煤油應當扛到田地裏去，灌進噴筒，呼啦呼啦的噴起來……一場大火，幾十里路的延燒過去，稻禾，樹木，房舍——尤其是草棚——一會兒都變成飛灰了。還不夠，就有燃燒彈，硫磺彈，從飛機上面扔下來，像上海一二八的大火似的，夠燒幾天幾晚。那才是偉大的光明呵。

火神菩薩的威風是這樣的。可是說起來，他又不承認：火神菩薩據說原是保佑小民的，至於火災，卻要怪小民自不小心，或是爲非作歹，縱火搶掠。

誰知道呢？歷代放火的名人總是這樣說，卻未必總有人信。

我們只看見點燈是平凡的，放火是雄壯的，所以點燈就被禁止，放火就受供養。你不見海京伯馬戲團麼：宰了耕牛餵老虎，原是這年頭的「時代精神」。

十一月二日

沙

近來的讀書人，常常歎中國人好像一盤散沙，無法可想，將倒楣的責任，歸之於大家。其實這是冤枉了大部分中國人的。小民雖然不學，見事也許不明，但知道關於本身利害時，何嘗不會團結。先前有跪香，民變，造反；現在也還有請願之類。他們的像沙，是被統治者「治」成功的，用文言來說，就是「治績」。

那麼，中國就沒有沙麼？有是有的，但並非小民，而是大小統治者。

人們又常常說：「升官發財。」其實這兩件事是不並列的，其所以要升官，只因爲要發財，升官不過是一種發財的門徑。所以官僚雖然依靠朝廷，卻並不忠於朝廷，吏役雖然依靠衙署，卻並不愛護衙署，頭領下一個清廉的命令，小嘍囉是決不聽的，對付的方法有「蒙蔽」。他們都是自私自利的沙，可以肥己時就肥己，而且每一粒都是皇帝，可以稱尊處就稱尊。有些人譯俄皇爲「沙皇」，移贈此輩，倒是極確切的尊號。財何從來？是從小民身上刮下來的。小民倘能團結，發財就煩難，那麼，當然應該想盡方法，使他們變成散沙才好。以沙皇治小民，於是全中國就成爲「一盤散沙」了。

然而沙漠以外，還有團結的人們在，他們「如入無人之境」的走進來了。

這就是沙漠上的大事變。當這時候，古人曾有兩句極切貼的比喻，叫作「君子爲猿鶴，小人爲蟲沙」。那些君子們，不是像白鶴的騰空，就如猢猻的上樹，「樹倒猢猻散」，另外還有樹，他們決不會吃苦。剩在地下的，便是小民的螻蟻和泥沙，要踐踏殺戮都可以，他們對沙皇尚且不敵，怎能敵得過沙皇的勝者呢？

然而當這時候，偏又有人搖筆鼓舌，向著小民提出嚴重的質問道：「國民將何以自處」呢，「問國民將何以善其後」呢？忽然記得了「國民」，別的什麼都不說，只又要他們來填虧空，不是等於向著縛了手腳的人，要求他去捕盜麼？

但這正是沙皇治績的後盾，是猿鳴鶴唳的尾聲，稱尊肥己之餘，必然到來的末一著。

七月十二日

粗略的一想，諺語固然好像一時代一國民的意思的結晶，但其實，卻不過是一部分的人們的意思。現在就以「各人自掃門前雪，莫管他家瓦上霜」來做例子罷，這乃是被壓迫者們的格言，教人要奉公，納稅，輸捐，安分，不可怠慢，不可不平，尤其是不要管閒事；而壓迫者是不算在內的。

專制者的反面就是奴才，有權時無所不爲，失勢時即奴性十足。孫皓是特等的暴君，但降晉之後，簡直像一個幫閒；宋徽宗在位時，不可一世，而被擄後偏會含垢忍辱。做主子時以一切別人爲奴才，則有了主子，一定以奴才自命：這是天經地義，無可動搖的。

所以被壓制時，信奉著「各人自掃門前雪，莫管他家瓦上霜」的格言的人物，一旦得勢，足以凌人的時候，他的行爲就截然不同，變爲「各人不掃門前雪，卻管他家瓦上霜」了。

二十年來，我們常常看見：武將原是練兵打仗的，且不問他這兵是用以安內或攘外，總之他的「門前雪」是治軍，然而他偏來干涉教育，主持道德；教育家原是辦學的，無論他成績如何，總之他的「門前雪」是學務，然而他偏去膜拜「活佛」，紹介國醫。小百姓隨軍充案，童子軍沿門募款。頭兒胡行於上，蟻民亂碰於下，結果是各人的門前都不成樣，各家的瓦上也一團糟。

女人露出了臂膊和小腿，好像竟打動了賢人們的心，我記得曾有許多人絮絮叨叨，主張禁止過，後來也確有明文禁止了。不料到得今年，卻又「衣服蔽體已足，何必前拖後曳，消耗布匹，……顧念時艱，後患何堪設想」起來，四川的營山縣長於是就令公安局派隊一一剪掉行人的長衣的下截。長衣原是累贅的東西，但以爲不穿長衣，或剪去下截，即於「時艱」有補，卻是一種特別的經濟學。《漢書》上有一句云，「口含天憲」，此之謂也。

某一種人，一定只有這某一種人的思想和眼光，不能越出他本階級之外。說起來，好像又在提倡什麼犯諱的階級了，然而事實是如此的。謠諺並非全國民的意思，就爲了這緣故。古之秀才，自以爲無所不曉，於是有「秀才不出門，而知天下事」這自負的漫天大謊，小百姓信以爲真，也就漸漸的成了諺語，流行開來。其實是「秀才雖出門，不知天下事」的。秀才只有秀才頭腦和秀才眼睛，對於天下事，那裏看得分明，想得清楚。清末，因爲想「維新」，常派些「人才」出洋去考察，我們現在看看他們的筆記罷，他們最以爲奇的是什麼館裏的蠟人能夠和活人對面下棋。南海聖人康有爲，佼佼者也，他周遊十一國，一直到得巴爾幹，這才悟出外國之所以常有「弒君」之故來了，曰：因爲宮牆太矮的緣故。

六月十三日

現代史

從我有記憶的時候起，直到現在，凡我所曾經到過的地方，在空地上，常常看見有「變把戲」的，也叫作「變戲法」的。

這變戲法的，大概只有兩種——

一種，是教一個猴子戴起假面，穿上衣服，耍一通刀槍；騎了羊跑幾圈。還有一匹用稀粥養活，已經瘦得皮包骨頭的狗熊玩一些把戲。末後是向大家要錢。

一種，是將一塊石頭放在空盒子裏，用手巾左蓋右蓋，變出一隻白鴿來；還有將紙塞在嘴巴裏，點上火，從嘴角鼻孔裏冒出煙焰。其次是向大家要錢。要了錢之後，一個人嫌少，裝腔作勢的不肯變了，一個人來勸他，對大家說再五個。果然有人拋錢了，於是再四個，三個……

拋足之後，戲法就又開了場。這回是將一個孩子裝進小口的罈子裏面去，只見一條小辮子，要他再出來，又要錢。收足之後，不知怎麼一來，大人用尖刀將孩子刺死了，蓋上被單，直挺挺躺著，要他活過來，又要錢。

「在家靠父母，出家靠朋友……Huazaa！Huazaa！」變戲法的裝出撒錢的手勢，嚴肅而悲哀的說。

別的孩子，如果走近去想仔細的看，他是要罵的；再不聽，他就會打。

果然有許多人Huazaa了。待到數目和預料的差不多，他們就撿起錢來，收拾傢伙，死孩子也自己爬起來，一同走掉了。

看客們也就呆頭呆腦的走散。

這空地上，暫時是沉寂了。過了些時，就又來這一套。俗語說，「戲法人人會變，各有巧妙不同。」其實是許多年間，總是這一套，也總有人看，總有人Huazaa，不過其間必須經過沉寂的幾日。

我的話說完了，意思也淺得很，不過說大家Huazaa Huazaa一通之後，又要靜幾天了，然後再來這一套。

到這裏我才記得寫錯了題目，這真是成了「不死不活」的東西。

四月一日

喝茶

某公司又在廉價了，去買了二兩好茶葉，每兩洋二角。開首泡了一壺，怕它冷得快，用棉襖包起來，卻不料鄭重其事的來喝的時候，味道竟和我一向喝著的粗茶差不多，顏色也很重濁。

我知道這是自己錯誤了，喝好茶，是要用蓋碗的，於是用蓋碗。果然，泡了之後，色清而味甘，微香而小苦，確是好茶葉。但這是須在靜坐無為的時候的，當我正寫著《吃教》的中途，拉來一喝，那好味道竟又不知不覺的滑過去，像喝著粗茶一樣了。

有好茶喝，會喝好茶，是一種「清福」。不過要享這「清福」，首先就須有工夫，其次是練習出來的特別的感覺。由這一極瑣屑的經驗，我想，假使是一個使用筋力的工人，在喉乾欲裂的時候，那麼，即使給他龍井芽茶，珠蘭窨片，恐怕他喝起來也未必覺得和熱水有什麼大區別罷。所謂「秋思」，其實也是這樣的，騷人墨客，會覺得什麼「悲哉秋之為氣也」，風雨陰晴，都給他一種刺戟，一方面也就是一種「清福」，但在老農，卻只知道每年的此際，就要割稻而已。

於是有人以為這種細膩銳敏的感覺，當然不屬於粗人，這是上等人的牌號。然而我恐怕也正是這牌號就要倒閉的先聲。我們有痛覺，一方面是使我們受苦的，而一方面也使我們能夠自衛。假如沒有，則即使背上被人刺了一尖刀，也將茫無知覺，直到血盡倒地，自己還不明白為什麼倒地。但這痛覺如果細膩銳敏起來呢，則不但衣服上有一根小刺就覺得，連衣服上的接縫，線結，布毛都要覺得，倘不穿「無縫天衣」，他便要終日如芒刺在身，活不下去了。但假裝銳敏的，自然不在此例。

感覺的細膩和銳敏，較之麻木，那當然算是進步的，然而以有助於生命的進化爲限。如果不相干，甚而至於有礙，那就是進化中的病態，不久就要收梢。我們試將享清福，抱秋心的雅人，和破衣粗食的粗人一比較，就明白究竟是誰活得下去。喝過茶，望著秋天，我於是想：不識好茶，沒有秋思，倒也罷了。

九月三十日

清明時節

清明時節，是掃墓的時節，有的要進關內來祭祖，有的是到陝西去上墳，或則激論沸天，或則歡聲動地，真好像上墳可以亡國，也可以救國似的。

墳有這麼大關係，那麼，掘墳當然是要不得的了。

元朝的國師八合思巴罷，他就深相信掘墳的利害。他掘開宋陵，要把人骨和豬狗骨同埋在一起，以使宋室倒楣。後來幸而給一位義士盜走了，沒有達到目的，然而宋朝還是亡。曹操設了「摸金校尉」之類的職員，專門盜墓，他的兒子卻做了皇帝，自己竟被諡爲「武帝」，好不威風。這樣看來，死人的安危，和生人的禍福，又彷彿沒有關係似的。

相傳曹操怕死後被人掘墳，造了七十二疑塚，令人無從下手。於是後之詩人曰：「遍掘七十二疑塚，必有一塚葬君屍。」於是後之論者又曰：阿瞞老奸巨猾，安知其屍實不在此七十二塚之內乎。真是沒有法子想。

阿瞞雖是老奸巨猾，我想，疑塚之流倒未必安排的，不過古來的塚墓，卻大抵被發掘者居多，塚中人的主名，的確者也很少，洛陽邙山，清末掘墓者極多，雖在名公巨卿的墓中，所得也大抵是一塊志石和凌亂的陶器，大約並非原沒有貴重的殉葬品，乃是早經有人掘過，拿走了，什麼時候呢，無從知道。總之是葬後以至清末的偷掘那一天之間罷。

至於墓中人究竟是什麼人，非掘後往往不知道。即使有相傳的主名的，也大抵靠不住。中國人一向喜歡造些和大人物相關的名勝，石門有「子路止宿處」，泰山上有「孔子小天下處」；一個小山洞，是埋著大禹，幾堆大土堆，便葬著文武和周公。

如果掃墓的確可以救國，那麼，掃就要掃得真確，要掃文武周公的陵，不要掃著別人的土包子，還得查考自己是否周朝的子孫。於是乎要有考古的工作，就是掘開墳來，看看有無葬著文王武王周公旦的證據，如果有遺骨，還可照《洗冤錄》的方法來滴血。但是，這又和掃墓救國說相反，很傷孝子順孫的心了。不得已，就只好閉了眼睛，硬著頭皮，亂拜一陣。

「非其鬼而祭之，諂也！」單是掃墓救國術沒有靈驗，還不過是一個小笑話而已。

四月二十六日

三、臉譜種種

略論中國人的臉

大約人們一遇到不大看慣的東西，總不免以爲他古怪。我還記得初看見西洋人的時候，就覺得他臉太白，頭髮太黃，眼珠太淡，鼻樑太高。雖然不能明明白白地說出理由來，但總而言之：相貌不應該如此。至於對於中國人的臉，是毫無異議；即使有好醜之別，然而都不錯的。

我們的古人，倒似乎並不放鬆自己中國人的相貌。周的孟軻就用眸子來判胸中的正不正，漢朝還有《相人》二十四卷。後來鬧這玩藝兒的尤其多；分起來，可以說有兩派罷：一是從臉上看出他的智愚賢不肖；一是從臉上看出他過去，現在和將來的榮枯。於是天下紛紛，從此多事，許多人就都戰戰兢兢地研究自己的臉。我想，鏡子的發明，恐怕這些人和小姐們是大有功勞的。不過近來前一派已經不大有人講究，在北京上海這些地方搗鬼的都只是後一派了。

我一向只留心西洋人。留心的結果，又覺得他們的皮膚未免太粗；毫毛有白色的，也不好。皮上常有紅點，即因爲顏色太白之故，倒不如我們之黃。尤其不好的是紅鼻子，有時簡直像是將要熔化的蠟燭油，彷彿就要滴下來，使人看得栗栗危懼，也不及黃色人種的較爲隱晦，也見得較爲安全。總而言之：相貌還是不應該如此的。

後來，我看見西洋人所畫的中國人，才知道他們對於我們的相貌也很不敬。那似乎是《天方夜談》或者《安兌生童話》中的插畫，現在不很記得清楚了。頭上戴著拖花翎的紅纓帽，一條辮子在空中飛揚，朝靴的粉底非常之厚。但這些都是滿洲人連累我們的。獨有兩眼歪斜，張嘴露齒，卻是我們自己本來的相貌。不過我那時想，其實並不盡然，外國人特地要奚落我們，所以格外形容得過度了。

但此後對於中國一部分人們的相貌，我也逐漸感到一種不滿，就是他們每看見不常見的事件或華麗的女人，聽到有些醉心的說話的時候，下巴總要慢慢掛下，將嘴張了開來。這實在不大雅觀；彷彿精神上缺少著一樣什麼機件。據研究人體的學者們說，一頭附著在上顎骨上，那一頭附著在下顎骨上的「咬筋」，力量是非常之大的。我們幼小時候想吃核桃，必須放在門縫裏將它的殼夾碎。但在成人，只要牙齒好，那咬筋一收縮，便能咬碎一個核桃。有著這麼大的力量的筋，有時竟不能收住一個並不沉重的自己的下巴，雖然正在看得出神的時候，倒也情有可原，但我總以爲究竟不是十分體面的事。

日本的長谷川如是閑是善於做諷刺文字的。去年我見過他的一本隨筆集，叫作《貓·狗·人》；其中有一篇就說到中國人的臉。大意是初見中國人，即令人感到較之日本人或西洋人，臉上總欠缺著一點什麼。久而久之，看慣了，便覺得這樣已經盡夠，並不缺少東西；倒是看得西洋人之流的臉上，多餘著一點什麼。這多餘著的東西，他就給它一個不大高妙的名目：獸性。中國人的臉上沒有這個，是人，則加上多餘的東西，即成了下列的算式：

人＋獸性＝西洋人

他借了稱讚中國人，貶斥西洋人，來譏刺日本人的目的，這樣就達到了，自然不必再說這獸性的不見於中國人的臉上，是本來沒有的呢，還是現在已經消除。如果是後來消除的，那麼，是漸漸淨盡而只剩下了人性的呢，還是不過漸漸成了馴順。野牛成爲家牛，野豬成爲豬，狼成爲狗，野性是消失了，但只足使牧人喜歡，於本身並無好處。人不過是人，不再夾雜著別的東西，當然再好沒有了。倘不得已，我以爲還不如帶些獸性，如果合於下列的算式倒是不很有趣的：

人＋家畜性＝某一種人

中國人的臉上真可有獸性的記號的疑案，暫且中止討論罷。我只要說近來卻在中國人所理想的古今人的臉上，看見了兩種多餘。一到廣州，我覺得比我所從來的廈門豐富得多的，是電影，而且大半是「國片」，有古裝的，有時裝的。因爲電影是「藝術」，所以電影藝術家便將這兩種多餘加上去了。

古裝的電影也可以說是好看，那好看不下於看戲；至少，決不至於有大鑼大鼓將人的耳朵震聾。在「銀幕」上，則有身穿不知何時代的衣服的人物，緩慢地動作；臉正如古人一般死，因爲要顯得活，便只好加上些舊式戲子的昏庸。

時裝人物的臉，只要見過清朝光緒年間上海的吳友如的《畫報》的，便會覺得神態非常相像。《畫報》所畫的大抵不是流氓拆梢，便是妓女吃醋，所以臉相都狡猾。這精神似乎至今不變，國產影片中的人物，雖是作者以爲善人傑士者，眉宇間也總帶些上海洋場式的狡猾。可見不如此，是連善人傑士也做不成的。

聽說，國產影片之所以多，是因爲華僑歡迎，能夠獲利，每一新片到，老的便帶了孩子去指點給他們看道：「看哪，我們的祖國的人們是這樣的。」在廣州似乎也受歡迎，日夜四場，我常見看客坐得滿滿。

廣州現在也如上海一樣，正在這樣地修養他們的趣味。可惜電影一開演，電燈一定熄滅，我不能看見人們的下巴。

四月六日

再論「文人相輕」

今年的所謂「文人相輕」，不但是混淆黑白的口號，掩護著文壇的昏暗，也在給有一些人「掛著羊頭賣狗肉」的。

真的「各以所長，相輕所短」的能有多少呢！我們在近幾年所遇見的，有的是「以其所短，輕人所短」。例如白話文中，有些是詰屈難讀的，確是一種「短」，於是有人提了小品或語錄，向這一點昂然進攻了，但不久就露出尾巴來，暴露了他連對於自己所提倡的文章，也常常點著破句，「短」得很。有的卻簡直是「以其所短，輕人所長」了。例如輕蔑「雜文」的人，不但他所用的也是「雜文」，而他的「雜文」，比起他所輕蔑的別的「雜文」來，還拙劣到不能相提並論。那些高談闊論，不過是契訶夫（A.Chekhov）所指出的登了不識羞的頂顛，傲視著一切，被輕者是無福和他們比較的，更從什麼地方「相」起？現在謂之「相」，其實是給他們一揚，靠了這「相」，也是「文人」了。然而，「所長」呢？

況且現在文壇上的糾紛，其實也並不是爲了文筆的短長。文學的修養，決不能使人變成木石，所以文人還是人，既然還是人，他心裏就仍然有是非，有愛憎；但又因爲是文人，他的是非就愈分明，愛憎也愈熱烈。從聖賢一直敬到騙子屠夫，從美人香草一直爱到痲瘋病菌的文人，在這世界上是找不到的，遇見所是和所愛的，他就擁抱，遇見所非和所憎的，他就反撥。如果第三者不以爲然了，可以指出他所非的其實是「是」，他所憎的其實該愛來，單用了籠統的「文人相輕」這一句空話，是不能抹殺的，世間還沒有這種便宜事。一有文人，就有糾紛，但到後來，誰是誰非，孰存孰亡，都無不明明白白。因爲還有一些讀者，他的是非愛憎，是比和事佬的評論家還要清楚的。

然而，又有人來恐嚇了。他說，你不怕麼？古之嵇康，在柳樹下打鐵，鍾會來看他，他不客氣，問道：「何所聞而來，何所見而去？」於是得罪了鍾文人，後來被他在司馬懿面前搬是非，送命了。所以你無論遇見誰，應該趕緊打拱作揖，讓坐獻茶，連稱「久仰久仰」才是。這自然也許未必全無好處，但做文人做到這地步，不是很有些近乎婊子了麼？況且這位恐嚇家的舉例，其實也是不對的，嵇康的送命，並非爲了他是傲慢的文人，大半倒因爲他是曹家的女婿，即使鍾會不去搬是非，也總有人去搬是非的，所謂「重賞之下，必有勇夫」者是也。

不過我在這裏，並非主張文人應該傲慢，或不妨傲慢，只是說，文人不應該隨和；而且文人也不會隨和，會隨和的，只有和事佬。但這不隨和，卻又並非回避，只是唱著所是，頌著所愛，而不管所非和所憎；他得像熱烈地主張著所是一樣，熱烈地攻擊著所非，像熱烈地擁抱著所愛一樣，更熱烈地擁抱著所憎——恰如赫爾庫來斯（Hercules）的緊抱了巨人安太烏斯（Antaeus）一樣，因爲要折斷他的肋骨。

五月五日

從幫忙到扯淡

「幫閒文學」曾經算是一個惡毒的貶辭，——但其實是誤解的。

《詩經》是後來的一部經，但春秋時代，其中的有幾篇就用之於侑酒；屈原是「楚辭」的開山老祖，而他的《離騷》，卻只是不得幫忙的不平。到得宋玉，就現有的作品看起來，他已經毫無不平，是一位純粹的清客了。然而《詩經》是經，也是偉大的文學作品；屈原宋玉，在文學史上還是重要的作家。爲什麼呢？——就因爲他究竟有文采。

中國的開國的雄主，是把「幫忙」和「幫閒」分開來的，前者參與國家大事，作爲重臣，後者卻不過叫他獻詩作賦，「俳優蓄之」，只在弄臣之例。不滿於後者的待遇的是司馬相如，他常常稱病，不到武帝面前去獻殷勤，卻暗暗的作了關於封禪的文章，藏在家裏，以見他也有計畫大典——幫忙的本領，可惜等到大家知道的時候，他已經「壽終正寢」了。然而雖然並未實際上參與封禪的大典，司馬相如在文學史上也還是很重要的作家。爲什麼呢？就因爲他究竟有文采。

但到文雅的庸主時，「幫忙」和「幫閒」的可就混起來了，所謂國家的柱石，也常是柔媚的詞臣，我們在南朝的幾個末代時，可以找出這實例。然而主雖然「庸」，卻不「陋」，所以那些幫閒者，文采卻究竟還有的，他們的作品，有些也至今不滅。

誰說「幫閒文學」是一個惡毒的貶辭呢？

就是權門的清客，他也得會下幾盤棋，寫一筆字，畫畫兒，識古董，懂得些猜拳行令，打趣插科，這才能不失其爲清客。也就是說，清客，還要有清客的本領的，雖然是有骨氣者所不屑爲，卻又非搭空架者所能企及。例如李漁的《一家言》，袁枚的《隨園詩話》，就不是每個幫閒都做得出來的。必須有幫閒之志，又有幫閒之才，這才是真正的幫閒。如果有其志而無其才，亂點古書，重抄笑話，吹拍名士，拉扯趣聞，而居然不顧臉皮，大擺架子，反自以爲得意，——自然也還有人以爲有趣，——但按其實，卻不過「扯淡」而已。

幫閒的盛世是幫忙，到末代就只剩了這扯淡。

六月六日

世故三昧

人世間真是難處的地方，說一個人「不通世故」，固然不是好話，但說他「深於世故」也不是好話。「世故」似乎也像「革命之不可不革，而亦不可太革」一樣，不可不通，而亦不可太通的。

然而據我的經驗，得到「深於世故」的惡謚者，卻還是因爲「不通世故」的緣故。

現在我假設以這樣的話，來勸導青年人——

「如果你遇見社會上有不平事，萬不可挺身而出，講公道話，否則，事情倒會移到你頭上來，甚至於會被指作反動分子的。如果你遇見有人被冤枉，被誣陷的，即使明知道他是好人，也萬不可挺身而出，去給他解釋或分辯，否則，你就會被人說是他的親戚，或得了他的賄賂；倘使那是女人，就要被疑爲她的情人的；如果他較有名，那便是黨羽。例如我自己罷，給一個毫不相干的女士做了一篇信札集的序，人們就說她是我的小姨；紹介一點科學的文藝理論，人們就說得了蘇聯的盧布。親戚和金錢，在目下的中國，關係也真是大，事實給與了教訓，人們看慣了，以爲人人都脫不了這關係，原也無足深怪的。

「然而，有些人其實也並不真相信，只是說著玩玩，有趣有趣的。即使有人爲了謠言，弄得凌遲碎剮，像明末的鄭鄤那樣了，和自己也並不相干，總不如有趣的緊要。這時你如果去辨正，那就是使大家掃興，結果還是你自己倒楣。我也有一個經驗，那是十多年前，我在教育部裏做『官僚』，常聽得同事說，某女學校的學生，是可以叫出來嫖的，連機關的地址門牌，也說得明明白白。有一回我偶然走過這條街，一個人對於壞事情，是記性好一點的，我記起來了，便留心著那門牌，但這一號；卻是一塊小空地，有一口大井，一間很破爛的小屋，是幾個山東人住著賣水的地方，決計做不了別用。待到他們又在談著這事的時候，我便說出我的所見來，而不料大家竟笑容盡斂，不歡而散了，此後不和我談天者兩三月。我事後才悟到打斷了他們的興致，是不應該的。

「所以，你最好是莫問是非曲直，一味附和著大家；但更好是不開口；而在更好之上的是連臉上也不顯出心裏的是非的模樣來……」

這是處世法的精義，只要黃河不流到腳下，炸彈不落在身邊，可以保管一世沒有挫折的。但我恐怕青年人未必以我的話為然；便是中年，老年人，也許要以為我是在教壞了他們的子弟。嗚呼，那麼，一片苦心，竟是白費了。

然而倘說中國現在正如唐虞盛世，卻又未免是「世故」之談。耳聞目睹的不算，單是看看報章，也就可以知道社會上有多少不平，人們有多少冤抑。但對於這些事，除了有時或有同業，同鄉，同族的人們來說幾句呼籲的話之外，利害無關的人的義憤的聲音，我們是很少聽到的。這很分明，是大家不開口；或者以為和自己不相干；或者連「以為和自己不相干」的意思也全沒有。「世故」深到不自覺其「深於世故」，這才真是「深於世故」的了。這是中國處世法的精義中的精義。

而且，對於看了我的勸導青年人的話，心以為非的人物，我還有一下反攻在這裏。他是以我為狡猾的。但是，我的話裏，一面固然顯示著我的狡猾，而且無能，但一面也顯示著社會的黑暗。他單責個人，正是最穩妥的辦法，倘使兼責社會，可就得站出去戰鬥了。責人的「深於世故」而避開了「世」不談，這是更「深於世故」的玩藝，倘若自己不覺得，那就更深更深了，離三昧境蓋不遠矣。

不過凡事一說，即落言筌，不再能得三昧。說「世故三昧」者，即非「世故三昧」。三昧真諦，在行而不言；我現在一說「行而不言」，卻又失了真諦，離三昧境蓋益遠矣。

一切善知識，心知其意可也，喃！

十月十三日

罵殺與捧殺

現在有些不滿於文學批評的，總說近幾年的所謂批評，不外乎捧與罵。

其實所謂捧與罵者，不過是將稱讚與攻擊，換了兩個不好看的字眼。指英雄為英雄，說娼婦是娼婦，表面上雖像捧與罵，實則說得剛剛合式，不能責備批評家的。批評家的錯處，是在亂罵與亂捧，例如說英雄是娼婦，舉娼婦為英雄。

批評的失了威力，由於「亂」，甚而至於「亂」到和事實相反，這底細一被大家看出，那效果有時也就相反了。所以現在被罵殺的少，被捧殺的卻多。

人古而事近的，就是袁中郎。這一班明末的作家，在文學史上，是自有他們的價值和地位的。而不幸被一群學者們捧了出來，頌揚，標點，印刷，「色借，日月借，燭借，青黃借，眼色無常。聲借，鐘鼓借，枯竹竅借……」借得他一塌糊塗，正如在中郎臉上，畫上花臉，卻指給大家看，嘖嘖讚歎道：「看哪，這多麼『性靈』呀！」對於中郎的本質，自然是並無關係的，但在未經別人將花臉洗清之前，這「中郎」總不免招人好笑，大觸其霉頭。

人近而事古的，我記起了泰戈爾。他到中國來了，開壇講演，人給他擺出一張琴，燒上一爐香，左有林長民，右有徐志摩，各各頭戴印度帽。徐詩人開始紹介了：「唵！嘰哩咕嚕，白雲清風，銀磬……當！」說得他好像活神仙一樣，於是我們的地上的青年們失望，離開了。神仙和凡人，怎能不離開呢？但我今年看見他論蘇聯的文章，自己聲明道：「我是一個英國治下的印度人。」他自己知道得明明白白。大約他到中國來的時候，決不至於還糊塗，如果我們的詩人諸公不將他製成一個活神仙，青年們對於他是不至於如此隔膜的。現在可是老大的晦氣。

以學者或詩人的招牌，來批評或介紹一個作者，開初是很能夠蒙混旁人的，但待到旁人看清了這作者的真相的時候，卻只剩了他自己的不誠懇，或學識的不夠了。然而如果沒有旁人來指明真相呢，這作家就從此被捧殺，不知道要多少年後才翻身。

十一月十九日

從諷刺到幽默

諷刺家，是危險的。

假使他所諷刺的是不識字者，被殺戮者，被囚禁者，被壓迫者罷，那很好，正可給讀他文章的所謂有教育的智識者嘻嘻一笑，更覺得自己的勇敢和高明。然而現今的諷刺家之所以爲諷刺家，卻正在諷刺這一流所謂有教育的智識者社會。

因爲所諷刺的是這一流社會，其中的各分子便各各覺得好像刺著了自己，就一個個的暗暗的迎出來，又用了他們的諷刺，想來刺死這諷刺者。

最先是說他冷嘲，漸漸的又七嘴八舌的說他謾罵，俏皮話，刻毒，可惡，學匪，紹興師爺，等等，等等。然而諷刺社會的諷刺，卻往往仍然會「悠久得驚人」的，即使捧出了做過和尚的洋人或專辦了小報來打擊，也還是沒有效，這怎不氣死人也么哥呢！

樞紐是在這裏：他所諷刺的是社會，社會不變，這諷刺就跟著存在，而你所刺的是他個人，他的諷刺倘存在，你的諷刺就落空了。

所以，要打倒這樣的可惡的諷刺家，只好來改變社會。

然而社會諷刺家究竟是危險的，尤其是在有些「文學家」明明暗暗的成了「王之爪牙」的時代。人們誰高興做「文字獄」中的主角呢，但倘不死絕，肚子裏總還有半口悶氣，要借著笑的幌子，哈哈的吐他出來。笑笑既不至於得罪別人，現在的法律上也尙無國民必須哭喪著臉的規定，並非「非法」，蓋可斷言的。

我想：這便是去年以來，文字上流行了「幽默」的原因，但其中單是「為笑笑而笑笑」的自然也不少。

然而這情形恐怕是過不長久的，「幽默」既非國產，中國人也不是長於「幽默」的人民，而現在又實在是難以幽默的時候。於是雖幽默也就免不了改變樣子了，非傾於對社會的諷刺，即墮入傳統的「說笑話」和「討便宜」。

三月二日

從幽默到正經

「幽默」一傾於諷刺，失了它的本領且不說，最可怕的是有些人又要來「諷刺」，來陷害了，倘若墮於「說笑話」，則壽命是可以較爲長遠，流年也大致順利的，但愈墮愈近於國貨，終將成爲洋式徐文長。當提倡國貨聲中，廣告上已有中國的「自造舶來品」，便是一個證據。

而況我實在恐怕法律上不久也就要有規定國民必須哭喪著臉的明文了。笑笑，原也不能算「非法」的。但不幸東省淪陷，舉國騷然，愛國之士竭力搜索失地的原因，結果發見了其一是在青年的愛玩樂，學跳舞。當北海上正在嘻嘻哈哈的溜冰的時候，一個大炸彈拋下來，雖然沒有傷人，冰卻已經炸了一個大窟窿，不能溜之大吉了。

又不幸而榆關失守，熱河吃緊了，有名的文人學士，也就更加吃緊起來，做輓歌的也有，做戰歌的也有，講文德的也有，罵人固然可惡，俏皮也不文明，要大家做正經文章，裝正經臉孔，以補「不抵抗主義」之不足。

但人類究竟不能這麼沉靜，當大敵壓境之際，手無寸鐵，殺不得敵人，而心裏卻總是憤怒的，於是他就不免尋求敵人的替代。這時候，笑嘻嘻的可就遭殃了，因爲他這時便被叫作：「陳叔寶全無心肝」。所以知機的人，必須也和大家一樣哭喪著臉，以免於難。「聰明人不吃眼前虧」，亦古賢之遺教也，然而這時也就「幽默」歸天，「正經」統一了剩下的全中國。

明白這一節，我們就知道先前爲什麼無論貞女與淫女，見人時都得不笑不言；現在爲什麼送葬的女人，無論悲哀與否，在路上定要放聲大叫。

這就是「正經」。說出來麼，那就是「刻毒」。

三月二日

吃白相飯

要將上海的所謂「白相」，改作普通話，只好是「玩耍」；至於「吃白相飯」，那恐怕還是用文言譯作「不務正業，遊蕩爲生」，對於外鄉人可以比較的明白些。

遊蕩可以爲生，是很奇怪的。然而在上海問一個男人，或向一個女人問她的丈夫的職業的時候，有時會遇到極直截的回答道：「吃白相飯的。」

聽的也並不覺得奇怪，如同聽到了說「教書」，「做工」一樣。倘說是「沒有什麼職業」，他倒會有些不放心了。

「吃白相飯」在上海是這麼一種光明正大的職業。

我們在上海的報章上所看見的，幾乎常是這些人物的功績；沒有他們，本埠新聞是決不會熱鬧的。但功績雖多，歸納起來也不過是三段，只因爲未必全用在一件事情上，所以看起來好像五花八門了。

第一段是欺騙。見貪人就用利誘，見孤憤的就裝同情，見倒楣的則裝慷慨，但見慷慨的卻又會裝悲苦，結果是席捲了對手的東西。

第二段是威壓。如果欺騙無效，或者被人看穿了，就臉孔一翻，化爲威嚇，或者說人無禮，或者誣人不端，或者賴人欠錢，或者並不說什麼緣故，而這也謂之「講道理」，結果還是席捲了對手的東西。

第三段是溜走。用了上面的一段或兼用了兩段而成功了，就一溜煙走掉，再也尋不出蹤跡來。失敗了，也是一溜煙走掉，再也尋不出蹤跡來。事情鬧得大一點，則離開本埠，避過了風頭再出現。

有這樣的職業，明明白白，然而人們是不以爲奇的。

「白相」可以吃飯，勞動的自然就要餓肚，明明白白，然而人們也不以爲奇。

但「吃白相飯」朋友倒自有其可敬的地方，因爲他還直直落落的告訴人們說，「吃白相飯的！」

六月二十六日

禮

看報，是有益的，雖然有時也沉悶。例如罷，中國是世界上國恥紀念最多的國家，到這一天，報上照例得有幾塊記載，幾篇文章。但這事真也鬧得太重疊，太長久了，就很容易千篇一律，這一回可用，下一回也可用，去年用過了，明年也許還可用，只要沒有新事情。即使有了，成文恐怕也仍然可以用，因爲反正總只能說這幾句話。所以倘不是健忘的人，就會覺再沉悶，看不出新的啓示來。

然而我還是看。今天偶然看見北京追悼抗日英雄鄧文的記事，首先是報告，其次是演講，最末，是「禮成，奏樂散會」。

我於是得了新的啓示：凡紀念，「禮」而已矣。

中國原是「禮義之邦」，關於禮的書，就有三大部，連在外國也譯出了，我真特別佩服《儀禮》的翻譯者。事君，現在可以不談了；事親，當然要盡孝，但歿後的辦法，則已歸入祭禮中，各有儀，就是現在的拜忌日，做陰壽之類。新的忌日添出來，舊的忌日就淡一點，「新鬼大，故鬼小」也。我們的紀念日也是對於舊的幾個比較的不起勁，而新的幾個之歸於淡漠，則只好以俟將來，和人家的拜忌辰是一樣的。有人說，中國的國家以家族爲基礎，真是有識見。

中國又原是「禮讓爲國」的，既有禮，就必能讓，而愈能讓，禮也就愈繁了。總之，這一節不說也罷。

古時候，或以黃老治天下，或以孝治天下。現在呢，恐怕是入於以禮治天下的時期了，明乎此，就知道責備民眾的對於紀念日的淡漠是錯的，《禮》曰：「禮不下庶人」；捨不得物質上的什麼東西也是錯的，孔子不云乎：「賜也爾愛其羊，我愛其禮！」「非禮勿視，非禮勿聽，非禮勿言，非禮勿動」，靜靜的等著別人的「多行不義，必自斃」，禮也。

九月二十日

「揩油」

「揩油」，是說明著奴才的品行全部的。

這不是「取回扣」或「取佣錢」，因爲這是一種秘密；但也不是偷竊，因爲在原則上，所取的實在是微乎其微。因此也不能說是「分肥」；至多，或者可以謂之「舞弊」罷。然而這又是光明正大的「舞弊」，因爲所取的是豪家，富翁，闊人，洋商的東西，而且所取又不過一點點，恰如從油水汪洋的處所，揩了一下，於人無損，於揩者卻有益的，並且也不失爲損富濟貧的正道。設法向婦女調笑幾句，或乘機摸一下，也謂之「揩油」，這雖然不及對於金錢的名正言順，但無大損於被揩者則一也。

表現得最分明的是電車上的賣票人。純熟之後，他一面留心著可揩的客人，一面留心著突來的查票，眼光都練得像老鼠和老鷹的混合物一樣。付錢而不給票，客人本該索取的，然而很難索取，也很少見有人索取，因爲他所揩的是洋商的油，同是中國人，當然有幫忙的義務，一索取，就變成幫助洋商了。這時候，不但賣票人要報你憎惡的眼光，連同車的客人也往往不免顯出以爲你不識時務的臉色。

然而彼一時，此一時，如果三等客中有時偶缺一個銅元，你卻只好在目的地以前下車，這時他就不肯通融，變成洋商的忠僕了。

在上海，如果同巡捕，門丁，西崽之類閒談起來，他們大抵是憎惡洋鬼子的，他們多是愛國主義者。然而他們也像洋鬼子一樣，看不起中國人，棍棒和拳頭和輕蔑的眼光，專注在中國人的身上。

「揩油」的生活有福了。這手段將更加展開，這品格將變成高尚，這行爲將認爲正當，這將算是國民的本領，和對於帝國主義的復仇。打開天窗說亮話，其實，所謂「高等華人」也者，也何嘗逃得出這模子。

但是，也如「吃白相飯」朋友那樣，賣票人是還有他的道德的。倘被查票人查出他收錢而不給票來了，他就默然認罰，決不說沒有收過錢，將罪案推到客人身上去。

八月十四日

漫罵

還有一種不滿於批評家的批評，是說所謂批評家好「漫罵」，所以他的文字並不是批評。

這「漫罵」，有人寫作「嫚罵」，也有人寫作「謾罵」，我不知道是否是一樣的函義。但這姑且不管它也好。現在要問的是怎樣的是「漫罵」。

假如指著一個人，說道：這是婊子！如果她是良家，那就是漫罵；倘使她實在是做賣笑生涯的，就並不是漫罵，倒是說了真實。詩人沒有捐班，富翁只會計較，因為事實是這樣的，所以這是真話，即使稱之為漫罵，詩人也還是捐不來，這是幻想碰在現實上的小釘子。

有錢不能就有文才，比「兒女成行」並不一定明白兒童的性質更明白。「兒女成行」只能證明他兩口子的善於生，還會養，卻並無妄談兒童的權利。要談，只不過不識羞。這好像是漫罵，然而並不是。倘說是的；就得承認世界上的兒童心理學家，都是最會生孩子的父母。

說兒童為了一點食物就會打起來，是冤枉兒童的，其實是漫罵。兒童的行為，出於天性，也因環境而改變，所以孔融會讓梨。打起來的，是家庭的影響，便是成人，不也有爭家私，奪遺產的嗎？孩子學了樣了。

漫罵固然冤屈了許多好人，但含含糊糊的撲滅「漫罵」，卻包庇了一切壞種。

一月十七日

搗鬼心傳

中國人又很有些喜歡奇形怪狀，鬼鬼祟祟的脾氣，愛看古樹發光比大麥開花的多，其實大麥開花他向來也沒有看見過。於是怪胎畸形，就成爲報章的好資料，替代了生物學的常識的位置了。最近在廣告上所見的，有像所謂兩頭蛇似的兩頭四手的胎兒，還有從小肚上生出一隻腳來的三腳漢子。固然，人有怪胎，也有畸形，然而造化的本領是有限的，他無論怎麼怪，怎麼畸，總有一個限制：孿兒可以連背，連腹，連臀，連脅，或竟駢頭，卻不會將頭生在屁股上；形可以駢拇，枝指，缺肢，多乳，卻不會兩腳之外添出一隻腳來，好像「買兩送一」的買賣。天實在不及人之能搗鬼。

但是，人的搗鬼，雖勝於天，而實際上本領也有限。因爲搗鬼精義，在切忌發揮，亦即必須含蓄。蓋一加發揮，能使所搗之鬼分明，同時也生限制，故不如含蓄之深遠，而影響卻又因而模糊了。「有一利必有一弊」，我之所謂「有限」者以此。

清朝人的筆記裏，常說羅兩峰的《鬼趣圖》，真寫得鬼氣拂拂；後來那圖由文明書局印出來了，卻不過一個奇瘦，一個矮胖，一個臃腫的模樣，並不見得怎樣的出奇，還不如只看筆記有趣。小說上的描摹鬼相，雖然竭力，也都不足以驚人，我覺得最可怕的還是晉人所記的臉無五官，渾淪如雞蛋的山中厲鬼。因爲五官不過是五官，縱使苦心經營，要它兇惡，總也逃不出五官的範圍，現在使它渾淪得莫名其妙，讀者也就怕得莫名其妙了。然而其「弊」也，是印象的模糊。不過較之寫些「青面獠牙」，「口鼻流血」的笨伯，自然聰明得遠。

中華民國人的宣布罪狀大抵是十條，然而結果大抵是無效。古來盡多壞人，十條不過如此，想引人的注意以至活動是決不會的。駱賓王作《討武曌檄》，那「入宮見嫉，蛾眉不肯讓人，掩袖工讒，狐媚偏能惑主」這幾句，恐怕是很費點心機的了，但相傳武后看到這裏，不過微微一笑。是的，如此而已，又怎麼樣呢？聲罪致討的明文，那力量往往遠不如交頭接耳的密語，因爲一是分明，一是莫測的。我想假使當時駱賓王站在大眾之前，只是攢眉搖頭，連稱「壞極壞極」，卻不說出其所謂壞的實例，恐怕那效力會在文章之上的罷。「狂飆文豪」高長虹攻擊我時，說道劣跡多端，倘一發表，便即身敗名裂，而終於並不發表，是深得搗鬼正脈的；但也竟無大效者，則與廣泛俱來的「模糊」之弊爲之也。

明白了這兩例，便知道治國平天下之法，在告訴大家以有法，而不可明白切實的說出何法來。因爲一說出，即有言，一有言，便可與行相對照，所以不如示之以不測。不測的威棱使人萎傷，不測的妙法使人希望——饑荒時生病，打仗時做詩，雖若與治國平天下不相干，但在莫明其妙中，卻能令人疑爲跟著自有治國平天下的妙法在——然而其「弊」也，卻還是照例的也能在模糊中疑心到所謂妙法，其實不過是毫無方法而已。

搗鬼有術，也有效，然而有限，所以以此成大事者，古來無有。

十一月二十二日

「友邦驚詫」論

只要略有知覺的人就都知道：這回學生的請願，是因爲日本佔據了遼吉，南京政府束手無策，單會去哀求國聯，而國聯卻正和日本是一夥。讀書呀，讀書呀，不錯，學生是應該讀書的，但一面也要大人老爺們不至於葬送土地，這才能夠安心讀書。報上不是說過，東北大學逃散，馮庸大學逃散，日本兵看見學生模樣的就槍斃嗎？放下書包來請願，真是已經可憐之至。不道國民黨政府卻在十二月十八日通電各地軍政當局文裏，又加上他們「搗毀機關，阻斷交通，毆傷中委，攔劫汽車，橫擊路人及公務人員，私逮刑訊，社會秩序，悉被破壞」的罪名，而且指出結果，說是「友邦人士，莫名驚詫，長此以往，國將不國」了！

好個「友邦人士」！日本帝國主義的兵隊強佔了遼吉，炮轟機關，他們不驚詫；阻斷鐵路，追炸客車，捕禁官吏，槍斃人民，他們不驚詫。中國國民黨治下的連年內戰，空前水災，賣兒救窮，砍頭示眾，秘密殺戮，電刑逼供，他們也不驚詫。在學生的請願中有一點紛擾，他們就驚詫了！

好個國民黨政府的「友邦人士」！是些什麼東西！

即使所舉的罪狀是真的罷，但這些事情，是無論那一個「友邦」也都有的，他們的維持他們的「秩序」的監獄，就撕掉了他們的「文明」的面具。擺什麼「驚詫」的臭臉孔呢？

可是「友邦人士」一驚詫，我們的國府就怕了，「長此以往，國將不國」了，好像失了東三省，黨國倒愈像一個國，失了東三省誰也不響，黨國倒愈像一個國，失了東三省只有幾個學生上幾篇「呈文」，黨國倒愈像一個國，可以博得「友邦人士」的誇獎，永遠「國」下去一樣。

幾句電文，說得明白極了：怎樣的黨國，怎樣的「友邦」。「友邦」要我們人民身受宰割，寂然無聲，略有「越軌」，便加屠戮；黨國是要我們遵從這「友邦人士」的希望，否則，他就要「通電各地軍政當局」，「即予緊急處置，不得於事後藉口無法勸阻，敷衍塞責」了！

因爲「友邦人士」是知道的：日兵「無法勸阻」，學生們怎會「無法勸阻」？每月一千八百萬的軍費，四百萬的政費，作什麼用的呀，「軍政當局」呀？

寫此文後剛一天，就見二十一日《申報》登載南京專電云：「考試院部員張以寬，盛傳前日爲學生架去重傷。茲據張自述，當時因車夫誤會，爲群眾引至中大，旋出校回寓，並無受傷之事。至行政院某秘書被拉到中大，亦當時出來，更無失蹤之事。」而「教育消息」欄內，又記本埠一小部分學校赴京請願學生死傷的確數，則云：「中公死二人，傷三十人，復旦傷二人，復旦附中傷十人，東亞失蹤一人（係女性），上中失蹤一人，傷三人，文生氏死一人，傷五人……」可見學生並未如國府通電所說，將「社會秩序，破壞無餘」，而國府則不但依然能夠鎮壓，而且依然能夠誣陷，殺戮。「友邦人士」，從此可以不必「驚詫莫名」，只請放心來瓜分就是了。

中國人的生命圈

「螻蟻尚知貪生」，中國百姓向來自稱「蟻民」，我爲暫時保全自己的生命計，時常留心著比較安全的處所，除英雄豪傑之外，想必不至於譏笑我的罷。

不過，我對於正面的記載，是不大相信的，往往用一種另外的看法。例如罷，報上說，北平正在設備防空，我見了並不覺得可靠；但一看見載著古物的南運，卻立刻感到古城的危機，並且由這古物的行蹤，推測中國樂土的所在。

現在，一批一批的古物，都集中到上海來了，可見最安全的地方，到底也還是上海的租界上。

然而，房租是一定要貴起來的了。

這在「蟻民」，也是一個大打擊，所以還得想想另外的地方。

想來想去，想到了一個「生命圈」。這就是說，既非「腹地」，也非「邊疆」，是介乎兩者之間，正如一個環子，一個圈子的所在，在這裏倒或者也可以「苟延性命於×世」的。

「邊疆」上是飛機拋炸彈。據日本報，說是在剿滅「兵匪」；據中國報，說是屠戮了人民，村落市廛，一片瓦礫。「腹地」裏也是飛機拋炸彈。據上海報，說是在剿滅「共匪」，他們被炸得一塌糊塗；「共匪」的報上怎麼說呢，我們可不知道。但總而言之，邊疆上是炸，炸，炸；腹地裏也是炸，炸，炸。雖然一面是別人炸，一面是自己炸，炸手不同，而被炸則一。只有在這兩者之間的，只要炸彈不要誤行落下來，倒還有可免「血肉橫飛」的希望，所以我名之曰「中國人的生命圈」。

再從外面炸進來，這「生命圈」便收縮而爲「生命線」；再炸進來，大家便都逃進那炸好了的「腹地」裏面去，這「生命圈」便完結而爲「生命〇」。

其實，這預感是大家都有的，只要看這一年來，文章上不大見有「我中國地大物博，人口衆多」的套話了，便是一個證據。而有一位先生，還在演說上自己說中國人是「弱小民族」哩。

但這一番話，闊人們是不以爲然的，因爲他們不但有飛機，還有他們的「外國」！

四月十日

推背圖

我這裏所用的「推背」的意思，是說：從反面來推測未來的情形。

上月的《自由談》裏，就有一篇《正面文章反看法》，這是令人毛骨悚然的文字。因爲得到這一個結論的時候，先前一定經過許多苦楚的經驗，見過許多可憐的犧牲。本草家提起筆來，寫道：砒霜，大毒。字不過四個，但他卻確切知道了這東西曾經毒死過若干性命的了。

里巷間有一個笑話：某甲將銀子三十兩埋在地裏面，怕人知道，就在上面豎一塊木板，寫道：「此地無銀三十兩。」隔壁的阿二因此卻將這掘去了，也怕人發覺，就在木板的那一面添上一句道，「隔壁阿二勿曾偷。」這就是在教人「正面文章反看法」。

但我們日日所見的文章，卻不能這麼簡單。有明說要做，其實不做的；有明說不做，其實要做的；有明說做這樣，其實做那樣的；有其實自己要這麼做，倒說別人要這麼做的；有一聲不響，而其實倒做了的。然而也有說這樣，竟這樣的。難就在這地方。

例如近幾天報章上記載著的要聞罷：

一，××軍在××血戰，殺敵××××人。

二，××談話：決不與日本直接交涉，仍然不改初衷，抵抗到底。

三，芳澤來華，據云係私人事件。

四，共黨聯日，該僞中央已派幹部××赴日接洽。

五，××××……

倘使都當反面文章看，可就太駭人了。但報上也有「莫干山路草棚船百餘隻大火」，「×××廉價只有四天了」等大概無須「推背」的記載，於是乎我們就又糊塗起來。

聽說，《推背圖》本是靈驗的，某朝某帝怕他淆惑人心，就添了些假造的在裏面，因此弄得不能豫知了，必待事實證明之後，人們這才恍然大悟。

我們也只好等著看事實，幸而大概是不很久的，總出不了今年。

四月二日

推

兩三月前，報上好像登過一條新聞，說有一個賣報的孩子，踏上電車的踏腳去取報錢，誤踹住了一個下來的客人的衣角，那人大怒，用力一推，孩子跌入車下，電車又剛剛走動，一時停不住，把孩子碾死了。

推倒孩子的人，卻早已不知所往。但衣角會被踹住，可見穿的是長衫，即使不是「高等華人」，總該是屬於上等的。

我們在上海路上走，時常會遇見兩種橫衝直撞，對於對面或前面的行人，決不稍讓的人物。一種是不用兩手，卻只將直直的長腳，如入無人之境似的踏過來，倘不讓開，他就會踏在你的肚子或肩膀上。這是洋大人，都是「高等」的，沒有華人那樣上下的區別。一種就是彎上他兩條臂膊，手掌向外，像蠍子的兩個鉗一樣，一路推過去，不管被推的人是跌在泥塘或火坑裏。這就是我們的同胞，然而「上等」的，他坐電車，要坐二等所改的三等車，他看報，要看專登黑幕的小報，他坐著看得咽唾沫，但一走動，又是推。

上車，進門，買票，寄信，他推；出門，下車，避禍，逃難，他又推。推得女人孩子都踉踉蹌蹌，跌倒了，他就從活人上踏過，跌死了，他就從死屍上踏過，走出外面，用舌頭舔舔自己的厚嘴唇，什麼也不覺得。舊曆端午，在一家戲場裏，因爲一句失火的謠言，就又是推，把十多個力量未足的少年踏死了。死屍擺在空地上，據說去看的又有萬餘人，人山人海，又是推。

推了的結果，是嘻開嘴巴，說道：「阿唷，好白相來希呀！」

住在上海，想不遇到推與踏，是不能的，而且這推與踏也還要廓大開去。要推倒一切下等華人中的幼弱者，要踏倒一切下等華人。這時就只剩了高等華人頌祝著——

「阿唷，真好白相來希呀。爲保全文化起見，是雖然犧牲任何物質，也不應該顧惜的——這些物質有什麼重要性呢！」

六月八日

二丑藝術

浙東的有一處的戲班中，有一種腳色叫作「二花臉」，譯得雅一點，那麼，「二丑」就是。他和小丑的不同，是不扮橫行無忌的花花公子，也不扮一味仗勢的宰相家丁，他所扮演的是保護公子的拳師，或是趨奉公子的清客。總之：身分比小丑高，而性格卻比小丑壞。

義僕是老生扮的，先以諫淨，終以殉主；惡僕是小丑扮的，只會作惡，到底滅亡。而二丑的本領卻不同，他有點上等人模樣，也懂些琴棋書畫，也來得行令猜謎，但倚靠的是權門，凌蔑的是百姓，有誰被壓迫了，他就來冷笑幾聲，暢快一下，有誰被陷害了，他又去嚇唬一下，吆喝幾聲。不過他的態度又並不常常如此的，大抵一面又回過臉來，向台下的看客指出他公子的缺點，搖著頭裝起鬼臉道：你看這傢伙，這回可要倒楣哩！

這最末的一手，是二丑的特色。因爲他沒有義僕的愚笨，也沒有惡僕的簡單，他是智識階級。他明知道自己所靠的是冰山，一定不能長久，他將來還要到別家幫閒，所以當受著豢養，分著餘炎的時候，也得裝著和這貴公子並非一夥。

二丑們編出來的戲本上，當然沒有這一種腳色的，他那裏肯；小丑，即花花公子們編出來的戲本，也不會有，因爲他們只看見一面，想不到的。這二花臉，乃是小百姓看透了這一種人，提出精華來，制定了的腳色。

世間只要有權門，一定有惡勢力，有惡勢力，就一定有二花臉，而且有二花臉藝術。我們只要取一種刊物，看他一個星期，就會發見他忽而怨恨春天，忽而頌揚戰爭，忽而譯蕭伯納演說，忽而講婚姻問題；但其間一定有時要慷慨激昂的表示對於國事的不滿：這就是用出末一手來了。

這最末的一手，一面也在遮掩他並不是幫閒，然而小百姓是明白的，早已使他的類型在戲臺上出現了。

六月十五日

爬和撞

從前梁實秋教授曾經說過：窮人總是要爬，往上爬，爬到富翁的地位。不但窮人，奴隸也是要爬的，有了爬得上的機會，連奴隸也會覺得自己是神仙，天下自然太平了。

雖然爬得上的很少，然而個個以爲這正是他自己。這樣自然都安分的去耕田，種地，揀大糞或是坐冷板凳，克勤克儉，背著苦惱的命運，和自然奮鬥著，拚命的爬，爬，爬。可是爬的人那麼多，而路只有一條，十分擁擠。老實的照著章程規規矩矩的爬，大都是爬不上去的。聰明人就會推，把別人推開，推倒，踏在腳底下，踹著他們的肩膀和頭頂，爬上去了。大多數人卻還只是爬，認定自己的冤家並不在上面，而只在旁邊——是那些一同在爬的人。他們大都忍耐著一切，兩腳兩手都著地，一步步的挨上去又擠下來，擠下來又挨上去，沒有休止的。

然而爬的人太多，爬得上的太少，失望也會漸漸的侵蝕善良的人心，至少，也會發生跪著的革命。於是爬之外，又發明了撞。

這是明知道你太辛苦了，想從地上站起來，所以在你的背後猛然的叫一聲：撞罷。一個個發麻的腿還在抖著，就撞過去。這比爬要輕鬆得多，手也不必用力，膝蓋也不必移動，只要橫著身子，晃一晃，就撞過去。撞得好就是五十萬元大洋，妻，財，子，祿都有了。撞不好，至多不過跌一跤，倒在地下。那又算得什麼呢，——他原本是伏在地上的，他仍舊可以爬。何況有些人不過撞著玩罷了，根本就不怕跌跤的。

爬是自古有之。例如從童生到狀元，從小癟三到康白度。撞卻似乎是近代的發明。要考據起來，恐怕只有古時候「小姐拋彩球」有點像給人撞的辦法。小姐的彩球將要拋下來的時候，——一個個想吃天鵝肉的男子漢仰著頭，張著嘴，饞涎拖得幾尺長……可惜，古人究竟呆笨，沒有要這些男子漢拿出幾個本錢來，否則，也一定可以收著幾萬萬的。

爬得上的機會越少，願意撞的人就越多，那些早已爬在上面的人們，就天天替你們製造撞的機會，叫你們花些小本錢，而豫約著你們名利雙收的神仙生活。所以撞得好的機會，雖然比爬得上的還要少得多，而大家都願意來試試的。這樣，爬了來撞，撞不著再爬……鞠躬盡瘁，死而後已。

八月十六日

元遺山在金元之際，爲文宗，爲遺獻，爲願修野史，保存舊章的有心人，明清以來，頗爲一部分人士所愛重。然而他生平有一宗疑案，就是爲叛將崔立頌德者，是否確實與他無涉，或竟是出於他的手筆的文章。

金天興元年（一二三二），蒙古兵圍洛陽；次年，安平都尉京城西面元帥崔立殺二丞相，自立爲鄭王，降於元。懼或加以惡名，群小承旨，議立碑頌功德，於是在文臣間，遂發生了極大的惶恐，因爲這與一生的名節相關，在個人是十分重要的。

當時的情狀，《金史》《王若虛傳》這樣說——

「天興元年，哀宗走歸德。明年春，崔立變，群小附和，請爲立建功德碑。翟奕以尚書省命，召若虛爲文。時奕輩恃勢作威，人或少許，則讒搆立見屠滅。若虛自分必死，私謂左右司員外郎元好問曰，『今召我作碑，不從則死，作之則名節掃地，不若死之爲愈。雖然，我姑以理諭之。』……奕輩不能奪，乃召太學生劉祁麻革輩赴省，好問張信之喻以立碑事曰，『眾議屬二君，且已白鄭王矣！二君其無讓。』祁等固辭而別。數日，促迫不已，祁即爲草定，以付好問。好問意未慊，乃自爲之，既成，以示若虛，乃共刪定數字，然止直敘其事而已。後兵入城，不果立也。」

碑雖然「不果立」，但當時卻已經發生了「名節」的問題，或謂元好問作，或謂劉祁作，文證具在清凌廷堪所輯的《元遺山先生年譜》中，茲不多錄。經其推勘，已知前出的《王若虛傳》文，上半據元好問《內翰王公墓表》，後半卻全取劉祁自作的《歸潛志》，被誣攀之說所蒙蔽了。凌氏辯之云，「夫當時立碑撰文，不過畏崔立之禍，非必取文辭之工，有京叔屬草，已足塞立之請，何取更爲之耶？」然則劉祁之未嘗決死如王若虛，固爲一生大玷，但不能更有所推諉，以致成爲「塞責」之具，卻也可以說是十分晦氣的。

然而，元遺山生平還有一宗大事，見於《元史》《張德輝》傳——

「世祖在潛邸，……訪中國人材。德輝舉魏璠，元裕，李治等二十餘人。……壬子，德輝與元裕北覲，請世祖爲儒教大宗師，世祖悅而受之。因啓：累朝有旨蠲儒戶兵賦，乞令有司遵行。從之。」

以拓跋魏的後人與德輝，請蒙古小酋長爲「漢兒」的「儒教大宗師」，在現在看來，未免有些滑稽，但當時卻似乎並無訾議。蓋蠲除兵賦，「儒戶」均沾利益，清議操之於士，利益既沾，雖已將「儒教」呈獻，也不想再來開口了。

由此士大夫便漸漸的進身，然終因不切實用，又漸漸的見棄。但仕路日塞，而南北之士的相爭卻也日甚了。余闕的《青陽先生文集》卷四《楊君顯民詩集序》云——

「我國初有金宋，天下之人，惟才是用之，無所專主，然用儒者爲居多也。自至元以下，始浸用吏，雖執政大臣，亦以吏爲之，……而中州之士，見用者遂浸寡。況南方之地遠，士多不能自至於京師，其抱才縕者，又往往不屑爲吏，故其見用者尤寡也。及其久也，則南北之士亦自町畦以相訾，甚若晉之與秦，不可與同中國，故夫南方之士微矣。」

然在南方，士人其實亦並不冷落。同書《送范立中赴襄陽詩序》云——

「宋高宗南遷，合淝遂爲邊地，守臣多以武臣爲之。……故民之豪傑者，皆去而爲將校，累功多至節制。郡中衣冠之族，惟范氏，商氏，葛氏三家而已。……皇元受命，包裹兵革，……諸武臣之子弟，無所用其能，多伏匿而不出。春秋月朔，郡太守有事于學，衣深衣，戴烏角巾，執籩豆罍爵，唱贊道引者，皆三家之子孫也，故其材皆有所成就，至學校官，累累有焉。……雖天道忌滿惡盈，而儒者之澤深且遠，從古然也。」

這是「中國人才」們獻教，賣經以來，「儒戶」所食的佳果。雖不能爲王者師，且次於吏者數等，而究亦勝於將門和平民者一等，「唱贊道引」，非「伏匿」者所敢望了。

中華民國二十三年五月二十日及次日，上海無線電播音由馮明權先生講給我們一種奇書：《抱經堂勉學家訓》（據《大美晚報》）。這是從未前聞的書，但看見下署「顏子推」，便可以悟出是顏之推《家訓》中的《勉學篇》了。曰「抱經堂」者，當是因爲曾被盧文弨印入《抱經堂叢書》中的緣故。所講有這樣的一段——

「有學藝者，觸地而安。自荒亂已來，諸見俘虜，雖百世小人，知讀《論語》《孝經》者，尙爲人師；雖千載冠冕，不曉書記者，莫不耕田養馬。以此觀之，汝可不自勉耶？若能常保數百卷書，千載終不爲小人也。……諺曰，『積財千萬，不如薄伎在身。』伎之易習而可貴者，無過讀書也。」

這說得很透徹：易習之伎，莫如讀書，但知讀《論語》《孝經》，則雖被俘虜，猶能爲人師，居一切別的俘虜之上。這種教訓，是從當時的事實推斷出來的，但施之於金元而准，按之於明清之際而亦准。現在忽由播音，以「訓」聽眾，莫非選講者已大有感於方來，遂綢繆於未雨麼？

「儒者之澤深且遠」，即小見大，我們由此可以明白「儒術」，知道「儒效」了。

五月二十七日

拿來主義

中國一向是所謂「閉關主義」，自己不去，別人也不許來。自從給槍炮打破了大門之後，又碰了一串釘子，到現在，成了什麼都是「送去主義」了。別的且不說罷，單是學藝上的東西，近來就先送一批古董到巴黎去展覽，但終「不知後事如何」；還有幾位「大師」們捧著幾張古畫和新畫，在歐洲各國一路的掛過去，叫作「發揚國光」。聽說不遠還要送梅蘭芳博士到蘇聯去，以催進「象徵主義」，此後是順便到歐洲傳道。我在這裏不想討論梅博士演藝和象徵主義的關係，總之，活人替代了古董，我敢說，也可以算得顯出一點進步了。

但我們沒有人根據了「禮尙往來」的儀節，說道：拿來！

當然，能夠只是送出去，也不算壞事情，一者見得豐富，二者見得大度。尼采就自詡過他是太陽，光熱無窮，只是給與，不想取得。然而尼采究竟不是太陽，他發了瘋。中國也不是，雖然有人說，掘起地下的煤來，就足夠全世界幾百年之用，但是，幾百年之後呢？幾百年之後，我們當然是化爲魂靈，或上天堂，或落了地獄，但我們的子孫是在的，所以還應該給他們留下一點禮品。要不然，則當佳節大典之際，他們拿不出東西來，只好磕頭賀喜，討一點殘羹冷炙做獎賞。這種獎賞，不要誤解爲「拋來」的東西，這是「拋給」的，說得冠冕些，可以稱之爲「送來」，我在這裏不想舉出實例。

我在這裏也並不想對於「送去」再說什麼，否則太不「摩登」了。我只想鼓吹我們再吝嗇一點，「送去」之外，還得「拿來」，是爲「拿來主義」。

但我們被「送來」的東西嚇怕了。先有英國的鴉片，德國的廢槍炮，後有法國的香粉，美國的電影，日本的印著「完全國貨」的各種小東西。於是連清醒的青年們，也對於洋貨發生了恐怖。其實，這正是因爲那是「送來」的，而不是「拿來」的緣故。

所以我們要運用腦髓，放出眼光，自己來拿！

譬如罷，我們之中的一個窮青年，因爲祖上的陰功（姑且讓我這麼說說罷），得了一所大宅子，且不問他是騙來的，搶來的，或合法繼承的，或是做了女婿換來的。那麼，怎麼辦呢？我想，首先是不管三七二十一，「拿來」！但是，如果反對這宅子的舊主人，怕給他的東西染汙了，徘徊不敢走進門，是孱頭；勃然大怒，放一把火燒光，算是保存自己的清白，則是昏蛋。不過因爲原是羨慕這宅子的舊主人的，而這回接受一切，欣欣然的蹩進臥室，大吸剩下的鴉片，那當然更是廢物。「拿來主義」者是全不這樣的。

他佔有，挑選。看見魚翅，並不就拋在路上以顯其「平民化」，只要有養料，也和朋友們像蘿蔔白菜一樣的吃掉，只不用它來宴大賓；看見鴉片，也不當眾摔在毛廁裏，以見其徹底革命，只送到藥房裏去，以供治病之用，卻不弄「出售存膏，售完即止」的玄虛。只有煙槍和煙燈，雖然形式和印度，波斯，阿剌伯的煙具都不同，確可以算是一種國粹，倘使背著周遊世界，一定會有人看，但我想，除了送一點進博物館之外，其餘的是大可以毀掉的了。還有一群姨太太，也大以請她們各自走散爲是，要不然，「拿來主義」怕未免有些危機。

總之，我們要拿來。我們要或使用，或存放，或毀滅。那麼，主人是新主人，宅子也就會成爲新宅子。然而首先要這人沉著，勇猛，有辨別，不自私。沒有拿來的，人不能自成爲新人，沒有拿來的，文藝不能自成爲新文藝。

六月四日

說「面子」

「面子」，是我們在談話裏常常聽到的，因爲好像一聽就懂，所以細想的人大約不很多。

但近來從外國人的嘴裏，有時也聽到這兩個音，他們似乎在研究。他們以爲這一件事情，很不容易懂，然而是中國精神的綱領，只要抓住這個，就像二十四年前的拔住了辮子一樣，全身都跟著走動了。相傳前清時候，洋人到總理衙門去要求利益，一通威嚇，嚇得大官們滿口答應，但臨走時，卻被從邊門送出去。不給他走正門，就是他沒有面子；他既然沒有了面子，自然就是中國有了面子，也就是占了上風了。這是不是事實，我斷不定，但這故事，「中外人士」中是頗有些人知道的。

因此，我頗疑心他們想專將「面子」給我們。

但「面子」究竟是怎麼一回事呢？不想還好，一想可就覺得糊塗。它像是很有好幾種的，每一種身價，就有一種「面子」，也就是所謂「臉」。這「臉」有一條界線，如果落到這線的下面去了，即失了面子，也叫作「丟臉」。不怕「丟臉」，便是「不要臉」。但倘使做了超出這線以上的事，就「有面子」，或曰「露臉」。而「丟臉」之道，則因人而不同，例如車夫坐在路邊赤膊捉蝨子，並不算什麼，富家姑爺坐在路邊赤膊捉蝨子，才成爲「丟臉」。但車夫也並非沒有「臉」，不過這時不算「丟」，要給老婆踢了一腳，就躺倒哭起來，這才成爲他的「丟臉」。這一條「丟臉」律，是也適用於上等人的。這樣看來，「丟臉」的機會，似乎上等人比較的多，但也不一定，例如車夫偷一個錢袋，被人發見，是失了面子的，而上等人大撈一批金珠珍玩，卻彷佛也不見得怎樣「丟臉」，況且還有「出洋考察」，是改頭換面的良方。

誰都要「面子」，當然也可以說是好事情，但「面子」這東西，卻實在有些怪。九月三十日的《申報》就告訴我們一條新聞：滬西有業木匠大包作頭之羅立鴻，爲其母出殯，邀開「貰器店之王樹寶夫婦幫忙，因來賓衆多，所備白衣，不敷分配，其時適有名王道才，綽號三喜子，亦到來送殯，爭穿白衣不遂，以爲有失體面，心中懷恨，……邀集徒黨數十人，各執鐵棍，據說尚有持手槍者多人，將王樹寶家人亂打，一時雙方有劇烈之戰爭，頭破血流，多人受有重傷。……」白衣是親族有服者所穿的，現在必須「爭穿」而又「不遂」，足見並非親族，但竟以爲「有失體面」，演成這樣的大戰了。這時候，好像只要和普通有些不同便是「有面子」，而自己成了什麼，卻可以完全不管。這類脾氣，是「紳商」也不免發露的：袁世凱將要稱帝的時候，有人以列名於勸進表中爲「有面子」；有一國從青島撤兵的時候，有人以列名於萬民傘上爲「有面子」。

所以，要「面子」也可以說並不一定是好事情——但我並非說，人應該「不要臉」。現在說話難，如果主張「非孝」，就有人會說你在煽動打父母，主張男女平等，就有人會說你在提倡亂交——這聲明是萬不可少的。

況且，「要面子」和「不要臉」實在也可以有很難分辨的時候。不是有一個笑話麼？一個紳士有錢有勢，我假定他叫四大人罷，人們都以能夠和他扳談爲榮。有一個專愛誇耀的小癟三，一天高興的告訴別人道：「四大人和我講過話了！」人問他「說什麼呢？」答道：「我站在他門口，四大人出來了，對我說：滾開去！」當然，這是笑話，是形容這人的「不要臉」，但在他本人，是以爲「有面子」的，如此的人一多，也就真成爲「有面子」了。別的許多人，不是四大人連「滾開去」也不對他說麼？

在上海，「吃外國火腿」雖然還不是「有面子」，卻也不算怎麼「丟臉」了，然而比起被一個本國的下等人所踢來，又彷彿近於「有面子」。

中國人要「面子」，是好的，可惜的是這「面子」是「圓機活法」，善於變化，於是就和「不要臉」混起來了。長谷川如是閑說「盜泉」云：「古之君子，惡其名而不飲，今之君子，改其名而飲之。」也說穿了「今之君子」的「面子」的秘密。

十月四日

臉譜臆測

對於戲劇，我完全是外行。但遇到研究中國戲劇的文章，有時也看一看。近來的中國戲是否象徵主義，或中國戲裏有無象徵手法的問題，我是覺得很有趣味的。

伯鴻先生在《戲》週刊十一期（《中華日報》副刊）上，說起臉譜，承認了中國戲有時用象徵的手法，「比如白表『奸詐』，紅表『忠勇』，黑表『威猛』，藍表『妖異』，金表『神靈』之類，實與西洋的白表『純潔清淨』，黑表『悲哀』，紅表『熱烈』，黃金色表『光榮』和『努力』」並無不同，這就是「色的象徵」，雖然比較的單純，低級。

這似乎也很不錯，但再一想，卻又生了疑問，因爲白表奸詐，紅表忠勇之類，是只以在臉上爲限，一到別的地方，白就並不象徵奸詐，紅也不表示忠勇了。

對於中國戲劇史，我又是完全的外行。我只知道古時候（南北朝）的扮演故事，是帶假面的，這假面上，大約一定得表示出這角色的特徵，一面也是這角色的臉相的規定。古代的假面和現在的打臉的關係，好像還沒有人研究過，假使有些關係，那麼，「白表奸詐」之類，就恐怕只是人物的分類，卻並非象徵手法了。

中國古來就喜歡講「相人術」，但自然和現在的「相面」不同，並非從氣色上看出禍福來，而是所謂「誠於中，必形於外」，要從臉相上辨別這人的好壞的方法。一般的人們，也有這一種意見的，我們在現在，還常聽到「看他樣子就不是好人」這一類話。這「樣子」的具體的表現，就是戲劇上的「臉譜」。富貴人全無心肝，只知道自私自利，吃得白白胖胖，什麼都做得出，於是白就表了奸詐。紅表忠勇，是從關雲長的「面如重棗」來的。「重棗」是怎樣的棗子，我不知道，要之，總是紅色的罷。在實際上，忠勇的人思想較爲簡單，不會神經衰弱，面皮也容易發紅，倘使他要永遠中立，自稱「第三種人」，精神上就不免時時痛苦，臉上一塊青，一塊白，終於顯出白鼻子來了。黑表威猛，更是極平常的事，整年在戰場上馳驅，臉孔怎會不黑，擦著雪花膏的公子，是一定不肯自己出面去戰鬥的。

士君子常在一門一門的將人們分類，平民也在分類，我想，這「臉譜」，便是優伶和看客公同逐漸議定的分類圖。不過平民的辨別，感受的力量，是沒有士君子那麼細膩的。況且我們古時候戲臺的搭法，又和羅馬不同，使看客非常散漫，表現倘不加重，他們就覺不到，看不清。這麼一來，各類人物的臉譜，就不能不誇大化，漫畫化，甚而至於到得後來，弄得希奇古怪，和實際離得很遠，好像象徵手法了。

臉譜，當然自有它本身的意義的，但我總覺得並非象徵手法，而且在舞臺的構造和看客的程度和古代不同的時候，它更不過是一種贅疣，無須扶持它的存在了。然而用在別一種有意義的玩藝上，在現在，我卻以爲還是很有興趣的。

十月三十一日

論俗人應避雅人

這是看了些雜誌，偶然想到的——濁世少見「雅人」，少有「韻事」。但是，沒有濁到徹底的時候，雅人卻也並非全沒有，不過因爲「傷雅」的人們多，也累得他們「雅」不徹底了。

道學先生是躬行「仁恕」的，但遇見不仁不恕的人們，他就也不能仁恕。所以朱子是大賢，而做官的時候，不能不給無告的官妓吃板子。新月社的作家們是最憎惡罵人的，但遇見罵人的人，就害得他們不能不罵。林語堂先生是佩服「費厄潑賴」的，但在杭州賞菊，遇見「口裏含一枝蘇俄香煙，手裏夾一本什麼斯基的譯本」的青年，他就不能不「假作無精打彩，愁眉不展，憂國憂家」（詳見《論語》五十五期）的樣子，面目全非了。

優良的人物，有時候是要靠別種人來比較，襯托的，例如上等與下等，好與壞，雅與俗，小器與大度之類。沒有別人，即無以顯出這一面之優，所謂「相反而實相成」者，就是這。但又須別人湊趣，至少是知趣，即使不能幫閒，也至少不可說破，逼得好人們再也好不下去。例如曹孟德是「尚通侻」的，但禰正平天天上門來罵他，他也只好生起氣來，送給黃祖去「借刀殺人」了。禰正平真是「咎由自取」。

所謂「雅人」，原不是一天雅到晚的，即使睡的是珠羅帳，吃的是香稻米，但那根本的睡覺和吃飯，和俗人究竟也沒有什麼大不同；就是肚子裏盤算些掙錢固位之法，自然也不能絕無其事。但他的出衆之處，是在有時又忽然能夠「雅」。倘使揭穿了這謎底，便是所謂「殺風景」，也就是俗人，而且帶累了雅人，使他雅不下去，「不能免俗」了。若無此輩，何至於此呢？所以錯處總歸在俗人這方面。

譬如罷，有兩位知縣在這裏，他們自然都是整天的辦公事，審案子的，但如果其中之一，能夠偶然的去看梅花，那就要算是一位雅官，應該加以恭維，天地之間這才會有雅人，會有韻事。如果你不恭維，還可以；一皺眉，就俗；敢開玩笑，那就把好事情都攪壞了。然而世間也偏有狂夫俗子；記得在一部中國的什麼古「幽默」書裏，有一首「輕薄子」詠知縣老爺公餘探梅的七絕——

紅帽哼兮黑帽呵，風流太守看梅花。

梅花低首開言道：小底梅花接老爺。

這真是惡作劇，將韻事鬧得一塌糊塗。而且他替梅花所說的話，也不合式，它這時應該一聲不響的，一說，就「傷雅」，會累得「老爺」不便再雅，只好立刻還俗，賞吃板子，至少是給一種什麼罪案的。爲什麼呢？就因爲你俗，再不能以雅道相處了。

小心謹慎的人，偶然遇見仁人君子或雅人學者時，倘不會幫閒湊趣，就須遠遠避開，愈遠愈妙。假如不然，即不免要碰著和他們口頭大不相同的臉孔和手段。晦氣的時候，還會弄到盧布學說的老套，大吃其虧。只給你「口裏含一枝蘇俄香煙，手裏夾一本什麼斯基的譯本」，倒還不打緊，——然而險矣。

大家都知道「賢者避世」，我以爲現在的俗人卻要避雅，這也是一種「明哲保身」。

十二月二十六日

論「人言可畏」

「人言可畏」是電影明星阮玲玉自殺之後，發現於她的遺書中的話。這哄動一時的事件，經過了一通空論，已經漸漸冷落了，只要《玲玉香消記》一停演，就如去年的艾霞自殺事件一樣，完全煙消火滅。她們的死，不過像在無邊的人海裏添了幾粒鹽，雖然使扯淡的嘴巴們覺得有些味道，但不久也還是淡，淡，淡。

這句話，開初是也曾惹起一點小風波的。有評論者，說是使她自殺之咎，可見也在日報記事對於她的訴訟事件的張揚；不久就有一位記者公開的反駁，以爲現在的報紙的地位，輿論的威信，可憐極了，那裏還有絲毫主宰誰的運命的力量，況且那些記載，大抵採自經官的事實，絕非捏造的謠言，舊報具在，可以復按。所以阮玲玉的死，和新聞記者是毫無關係的。

這都可以算是真實話。然而──也不盡然。

現在的報章之不能像個報章，是真的；評論的不能逞心而談，失了威力，也是真的，明眼人決不會過分的責備新聞記者。但是，新聞的威力其實是並未全盤墜地的，它對甲無損，對乙卻會有傷；對強者它是弱者，但對更弱者它卻還是強者，所以有時雖然吞聲忍氣，有時仍可以耀武揚威。於是阮玲玉之流，就成了發揚餘威的好材料了，因爲她頗有名，卻無力。小市民總愛聽人們的醜聞，尤其是有些熟識的人的醜聞。上海的街頭巷尾的老虔婆，一知道近鄰的阿二嫂家有野男人出入，津津樂道，但如果對她講甘肅的誰在偷漢，新疆的誰在再嫁，她就不要聽了。阮玲玉正在現身銀幕，是一個大家認識的人，因此她更是給報章湊熱鬧的好材料，至少也可以增加一點銷場。讀者看了這些，有的想：「我雖然不及阮玲玉的有本領，卻比她正經」；有的想：「我雖然沒有阮玲玉的技藝，卻比她出身高」；連自殺了之後，也還可以給人想：「我雖然沒有阮玲玉那麼漂亮，卻比她有勇氣，因爲我沒有自殺」。花幾個銅元就發見了自己的優勝，那當然是很上算的。但靠演藝爲生的人，一遇到公眾發生了上述的前兩種的感想，她就夠走到末路了。所以我們且不要高談什麼連自己也並不了然的社會組織或意志強弱的濫調，先來設身處地的想一想罷，那麼，大概就會知道阮玲玉的以爲「人言可畏」，是真的，或人的以爲她的自殺，和新聞記事有關，也是真的。

但新聞記者的辯解，以爲記載大抵採自經官的事實，卻也是真的。上海的有些介乎大報和小報之間的報章，那社會新聞，幾乎大半是官司已經吃到公安局或工部局去了的案件。但有一點壞習氣，是偏要加上些描寫，對於女性，尤喜歡加上些描寫；這種案件，是不會有名公巨卿在內的，因此也更不妨加上些描寫。案中的男人的年紀和相貌，是大抵寫得老實的，一遇到女人，可就要發揮才藻了，不是「徐娘半老，風韻猶存」，就是「豆蔻年華，玲瓏可愛」。一個女孩兒跑掉了，自奔或被誘還不可知，才子就斷定道，「小姑獨宿，不慣無郎」，你怎麼知道？一個村婦再醮了兩回，原是窮鄉僻壤的常事，一到才子的筆下，就又賜以大字的題目道，「奇淫不減武則天」，這程度你又怎麼知道？這些輕薄句子，加之村姑，大約是並無什麼影響的，她不識字，她的關係人也未必看報。但對於一個智識者，尤其是對於一個出到社會上了的女性，卻足夠使她受傷，更不必說故意張揚，特別渲染的文字了。然而中國的習慣，這些句子是搖筆即來，不假思索的，這時不但不會想到這也是玩弄著女性，並且也不會想到自己乃是人民的喉舌。但是，無論你怎麼描寫，在強者是毫不要緊的，只消一封信，就會有正誤或道歉接著登出來，不過無拳無勇如阮玲玉，可就正做了吃苦的材料了，她被額外的畫上一臉花，沒法洗刷。叫她奮鬥嗎？她沒有機關報，怎麼奮鬥；有冤無頭，有怨無主，和誰奮鬥呢？我們又可以設身處地的想一想，那麼，大概就又知她的以爲「人言可畏」，是真的，或人的以爲她的自殺，和新聞記事有關，也是真的。

然而，先前已經說過，現在的報章的失了力量，卻也是真的，不過我以爲還沒有到達如記者先生所自謙，竟至一錢不值，毫無責任的時候。因爲它對於更弱者如阮玲玉一流人，也還有左右她命運的若干力量的，這也就是說，它還能爲惡，自然也還能爲善。「有聞必錄」或「並無能力」的話，都不是向上的負責的記者所該採用的口頭禪，因爲在實際上，並不如此，——它是有選擇的，有作用的。

至於阮玲玉的自殺，我並不想爲她辯護。我是不贊成自殺，自己也不豫備自殺的。但我的不豫備自殺，不是不屑，卻因爲不能。凡有誰自殺了，現在是總要受一通強毅的評論家的呵斥，阮玲玉當然也不在例外。然而我想，自殺其實是不很容易，決沒有我們不豫備自殺的人們所渺視的那麼輕而易舉的。倘有誰以爲容易麼，那麼，你倒試試看！

自然，能試的勇者恐怕也多得很，不過他不屑，因爲他有對於社會的偉大的任務。那不消說，更加是好極了，但我希望大家都有一本筆記簿，寫下所盡的偉大的任務來，到得有了曾孫的時候，拿出來算一算，看看怎麼樣。

五月五日

附

錄

雜文：對生活和現實的種種觀感

李歐梵

雜文在魯迅的著作中，僅從所佔篇幅看，就無疑佔有一個重要的地位，甚至超過他的小說、散文詩以及舊體詩。但是，由於內容有明顯的政治性和論爭性，這些雜文是否可以和小說、散文詩、舊體詩等一樣視為「藝術創作」，就成為一個問題。有些西方學者對此是持否定態度的①。我的意見則相反，認為如果我們想以中國的文學傳統為背景來衡量魯迅作為現代作家獨創性的程度，雜文恰恰應是非常重要的一個方面。不說別的，只就整個中國文學傳統文學中散文所佔的地位而言（它比詩和小說都更為重要），魯迅在這方面的繼承和創新都更直接、更重要。

一、獨樹一格的雜文

魯迅本人也承認他對雜文與傳統的關係。傳統中國散文具有「雜」的性質，包括種種形式，如古文、駢文、小品文、筆記、書信、日記、遊記、官方紀念文以至八股文等。由於章太炎的影響，魯迅似乎偏愛「古」的魏晉文字。這一點許多研究者都已論及②。他喜歡收集各種叢書中的野史和個人記述，據說所購書籍的第一部就叫《唐代叢書》③。他對雜文的定義之一顯然也與以往那些私人編纂的雜集有關。

魯迅是很注意明末的小品文的，曾多次把雜文、小品文兩詞交替使用。在他的名篇《小品文的危機》中，他從明代和明以前的作品取例，說明這種體裁的重要意義，擴大了它在歷史上原來的範圍。小品文也是周作人的愛好，但它對於魯、周二人的含義是不同的。周作人愛其雍容典雅，魯迅則指出即使是在比較頹放的明末小品中，也還是「有諷刺、有攻擊、有破壞」。同樣，魯迅認爲英國的隨筆也與雜文有關，但只有英國隨筆的「幽默、雍容」是不夠的，還必須有匕首標槍的鋒芒，有戰鬥性。

因此，廣義地說，魯迅的「雜文」不能說是一種體裁，而是「在某一定時間和一定地點所寫的包含所有散文類別的總名」④。像這樣放寬地說，他的文學論文、散文詩、回憶、以及其他各類散文，都可包括在雜文之內。不過，特殊地說，他的雜文還是從爲《新青年》所寫的「隨感錄」中的「雜感」、「雜談」發展而來的。「隨感錄」有限定的篇幅，正好要求魯迅所喜愛類似古文的那種簡潔凝練的文風。同時，它也提供了一種自由表述的可能，不拘題材、不拘形式地表現作者真實的思想感情，是對舊散文內容上、形式上陳腐傾向的有意識的反駁。可見，魯迅雜文的產生一開始就是聯繫著一種激進的要求：他想要根據自己的思想揮灑自如地寫作的自由。

自由寫作不等於不考慮形式。魯迅寫雜文時也如寫小說時一樣，是一位有意識地注重技巧的實踐者。爲了理解他所創造的形成了「魯迅風」的那種新技巧方式，我們仍須從中國傳統中去尋根。

按王瑤的說法，魯迅所繼承的特殊的遺產，應追溯到魏晉及其以前的古文，他喜愛魏晉文章的「清峻」和「通脫」。晚清以來，中國盛行的是桐城、文選派的文章，嚴復和梁啓超就承襲桐城派的遺風。至章太炎而文風一變，章太炎認爲桐城文風既少獨創性也不嚴密，不能適應說明和論辯的要求，因而提倡文風復古，要求直截明確。而魏晉文章恰恰也是改革漢代以來侈靡的文風。而上溯先秦諸子說明的、論辯的方式的，它簡練的文字結構承載著極大的思想密度。章太炎的古文是很難讀懂的（魯迅亦然）。他把許多典故壓縮在一個似乎是無中心、無條理的整體之中。準確與混亂，簡練和臃腫，頗有些矛盾地結合在一起，這是章太炎用以對付當時流行學派的文風的武器。在風格和思想方面，章太炎或許提供了和康、梁一派往往是一個觀點突出展開的「時文」傳統的尖銳對比，可以說是開創了一種思想方式，與那種系統的和諧幾乎正好相反。魯迅早期曾模倣過嚴復和梁啓超，後改學章太炎，這也是他思想重新定向的重要一步。

其實，章太炎最合於魯迅心意的還不在他的文風，而是那種內在的非正統的激進主義思想，即對既存的、公認的思想體系和文章風格決不盲從。在某種意義上，魯迅的雜文那種看來是方向不明的揮灑自如，也可說是章太炎古文表現方式的現代形式。雜文中隨時閃耀出的文言詞句和用典（有些很難懂）也可歸之於章太炎的影響。

古文對魯迅雜文的影響當然還不止這些，他還模倣過（有時是反諷地）其他一些文風，包括八股文在內⑤。

但是，我們需要研究的最重要的問題卻是：魯迅在普遍的古文傳統的包圍中，是怎樣超越了種種限制，創造了完全屬於他自己的、使他的雜文可以肯定是「現代」的那種東西。

二、魯迅雜文的豐富隱喻

一九一八、一九一九年在《新青年》上發表的「隨感錄」是魯迅最早用白話寫的雜文。當然，這不是他個人的創造，而是《新青年》編者所定的一個總欄目，作者有好幾位。幾位作者（陳獨秀、錢玄同、周作人等）都表現了共同的具有「五四」特點的立場，這就是反傳統、反偶像，結合對進化論、科學、民主、個性解放的熱忱，魯迅也是如此。但是，就在魯迅最初的那些雜文裏，已經可以看到某些有別於其他人的因素。

首先是魯迅常常引用一些古人的語言來和今人的言行對照，用以顯示出中國傳統的陳腐思想仍有市場，仍陰魂不散。如《隨感錄五十八》中引用《史記·趙世家》裏公子成反對主父改胡服的話來和當前「慷慨激昂」的人們嘆息「人心不古、國粹將亡」的話相對照，來證明「人心很古」，又如《隨感錄五十九》中引用《史記》中劉邦、項羽的話及秦始皇的行爲，來說明今人的「最高理想」也仍然不過是「威福、子女、玉帛」而已。有時他又引用一些反對「五四」立場的話和西方科學、哲學、文學的內容並列對比。如《隨感錄三十三》中引用「一班好講鬼話的」人的胡言亂語，加以批駁。這種對比意在啓蒙，對於僵化的中國傳統文章，特別是種種官方文學，也是一種突破。將中國和外國的材料，將過去的論說和現在的問題雜駁並陳，不僅給人一種揮灑自如的「隨感」之感，也是突破舊的「文章作法」的聰明手段。魯迅的引文範圍是非常廣泛的，包括信件、舞臺式的對白、傳聞，以至種種偶語。這樣一來，人們所習慣的那種一寫涉及社會問題的論文便必有的儼然氣氛，也就自然消解了。這樣，就出現了一種有個人特色的新的雜文形式，其立場則是公開反傳統。

其次，魯迅不僅限於公開表現「五四」思想，還特別善於運用警句和寓言。《隨感錄》中那些較短的篇章都含有這樣的段落（如第三十六、三十八、四十一、四十九、六十六）。這些警句和寓言大都涉及中國民族性的弱點（也就是他早年最關注的「國人的魂靈」的問題），就使他較其他《隨感錄》作者達到了更高的普遍性和抽象的水平，也高於他同時代的其他白話文作者，如胡適、陳獨秀的政論，朱自清的感情描寫等。魯迅的警句和寓言的運用或許是來自「毒害」了他的莊子，但他的反覆引用尼采卻透露了明顯的外國影響。尼采進一步加強了魯迅語言的隱喻性。

我想把魯迅早期雜文這種獨特的方面稱爲「隱喻方式」（metaphoric mode），這就是一種透過可加強文章內容寓意廣度的形象和警句，來表達非系統思想的形式。因爲，由此而達到的抽象程度，是可以使那些形象變成暗含複雜層次意義的隱喻的。這也就是之前已經論述過的魯迅寫散文詩的技巧。這種「隱喻方式」在早期的「隨感錄」中運用時，還主要是服從「五四」反傳統的目的。後來，隨著由於二〇年代反傳統熱情的衰退而減退了戰鬥情緒，又隨著他對自己雜文寫作藝術的確信的增加，這種「隱喻方式」也就更趨純熟。

一九二五至一九二六年的《華蓋集》及其續集中，這種「隨感」的寫作仍繼續著，此時題爲「忽然想到」，其中有許多極好的警句（如第三）。但在這一時期，他似乎更傾向於對社會現實抒情的、哲學的研究，往往是先從現實的具體的情節談起，接著是一些似乎並不著力的、散漫的文字流出，飛翔到寓意的領域，這例子很多⑥。如早期的《為俄國歌劇團》，竟隨意聯想到隱喻著孤獨的沙漠。又如在《娜拉走後怎樣》的講演裏，抒情地自然轉向阿志巴綏夫關於夢和希望的話。《記念劉和珍君》或許是最動人的運用抒情意象的篇章了，其中對劉和珍犧牲事實的敘述是和他自己的內心痛苦交織在一起的。對他自己的內心痛苦是用一種帶有強烈宗教感情的語言來表達的：

……我已經出離憤怒了。我將深味這非人間的濃黑的悲涼；以我的最大哀痛顯示於非人間，使它們快意於我的苦痛，就將這作為後死者的菲薄的祭品，奉獻於逝者的靈前。

真的猛士，敢於直面慘淡的人生，敢於正視淋漓的鮮血。這是怎樣的哀痛者和幸福者？然而造化又常常為庸人設計，以時間的流駛，來洗滌舊跡，僅使留下淡紅的血色和微漠的悲哀。在這淡紅的血色和微漠的悲哀中，又給人暫得偷生，維持著這似人非人的世界。我不知道這樣的世界何時是一個盡頭。

（卷三，第二七三—二七四頁）

在另一些篇章裏，他還大膽地離開具體的現實進入一個更隱喻的世界。《戰士和蒼蠅》就是一個例子。它以尼采的話為基礎，和散文詩《復仇》的第一篇非常相像。後面還有一篇《雜感》，更加抽象，並且含有《野草》主題。它由四個相互略有關聯的小段組成，是對於死、犧牲、復仇、沉默、憤怒和愛的意義的思索。

人被殺於萬眾聚觀之中，比被殺在「人不知鬼不覺」的地方快活，因為他可以妄想，博得觀眾中的成人的眼淚。但是，無淚的人無論被殺在什麼所在，於他並無不同。

殺了無淚的人，一定連血也不見。愛人不覺他被殺之慘，仇人也終於得不到殺他之樂：這是他的報恩和復仇。

仰慕往古的，回往古去罷！想出世的，快出世罷，想上天的，快上天罷！靈魂要離開肉體的，趕快離開罷！現在的地上，應該是執著現在，執著地上的人們居位的。

但厭惡現世的人們還住著。這都是現世的仇仇，他們一日存在，現世即一日不能得救。

先前，也曾有些願意活在現世而不得的人們，沉默過了，呻吟過了，嘆息過了，哭泣過了，哀求過了，但仍然願意活在現世而不得，因為他們忘卻了憤怒。

勇者憤怒，抽刃向更強者；怯者憤怒，卻抽刃向更弱者。不可救藥的民族中，一定有許多英雄，專向孩子們瞪眼。這些孱頭們！

孩子們在瞪眼中長大了，又向別的孩子們瞪眼，並且想：他們一生都過在憤怒中。因為憤怒只是如此，所以他們要憤怒一生，——而且還要憤怒二世，三世，以至末世。

無論愛什麼，——飯，異姓，國，民族，人類等等，——只有糾纏如毒蛇，執著如怨鬼，二六時中，沒有已時者有望。但太覺疲勞時，也無妨休息一會罷；但休息之後，就再來一回罷，而且兩回，三回……。血書，章程，請願，講學，哭，電報，開會，輓聯，演說，神經衰弱，則一切無用。……

我們聽到呻吟，嘆息，哭泣，哀求，無須吃驚。見了酷烈的沉默，就應該留心了；見了什麼像毒蛇似的在屍林中蜿蜒，怨鬼似的在黑暗中奔馳，就更應該留心了：這在預告「真的憤怒」將要到來。那時候，仰慕往古的就要回往古去了，想出世的要出世去了，想上天的要上天了，靈魂要離開肉體的就要離開了！……

（卷三，第四八—五〇頁）

這實際上是帶有聖經佈道節奏的詩意散文。這裏，魯迅透過形象的召喚力對中國現狀作出了悲痛的評論，達到寓意的層次。正如在《野草》中一樣，他在一種飽滿的沉靜中，在生與死的悖論的基礎上，尋求憤怒（也是「復仇」主題）的意義。造就是他的「雜感」！它證明了他的思辯傾向，也證明了他雜文的一種狂烈的創造性，體裁的區別是絕對不能限制他的感受力的。相反，他對體裁區別的僵死規定的蔑視還導致了一種創造性的混合：他的雜文中有詩，詩中有雜文，而且，一些共同的主題常在他的詩、雜文、小說中交替出現。這種「抒情隱喻方式」有時甚至還進入了魯迅的講演，那是在感情激動或哲理深思的瞬間。我以爲這種方式是他一九二七年以前寫作的一種獨特標誌，也是他對現代中國散文的創造性貢獻。

由於添加了雖然是從他所描寫或批評的外界現實中引出，但卻超越了這一現實的浮面意義的哲理層次，就給他的雜文帶來深度。愛、死、犧牲、希望、失望、時間、歷史、人的狀況、生命的意義等主題，成爲他雜文中「內在的聲音」，不僅揭示了他作爲創作者的內省的方面，也揭示了他在思想理性方面「多方位的」複雜性。換句話說，在他意識中似乎存在著「公眾」和「私自」兩種領域的不斷交叉。因此，在他筆下，外部的現實極少是「客觀地」描寫或評論出來的。相反，總是由一種植根於苦惱心理的高度「主觀的」感受折射出來。魯迅的雜文和他的散文詩相比，當然是較外向性的，但內在的主題卻仍然時時出現。不管有多少外部的因素或公眾的要求影響著魯迅雜文的創作，它們基本上仍是主觀的，是「個人隨筆」的獨特的一類。

從上述一九二七年以前的四本雜文集中，也可以看出魯迅在雜文寫作上是不斷努力地做著種種試驗以求擴大它的可能性的。一九一八和一九一九年的雜文主要限於「隨感錄」（再有兩篇論文：《我之節烈觀》和《我們現在怎樣做父親》），後來收在《華蓋集》、續集以及《墳》中的許多篇章，在內容和形式上就都顯得更加多樣了：信件、講話、日記，由女師大事件引起的個人之間的論戰，對「青年必讀書」問題的答覆等，都與文章和評論並列，並且常常借用並修改別人或自己已經用過的形式。例如曾用「並非閑話」爲題來取笑論敵陳西瀅的《西瀅閒話》；在著名的《論「費厄潑賴」應該緩行》中用顯然是「八股文」的形式批駁林語堂所提倡的「費厄潑賴」。

另方面，魯迅對自己的作品也時有戲筆。例如採取記錄每日事件和思想的自由隨意的日記形式的《馬上日記》，就和他本人日記中那些提綱挈領式的枯燥記事完全不同，包含非常廣泛的內容。還有些署名的讀者來信被加上答覆全文刊出。這種手法在後來的文章中他也常用，似乎是用來表現確有其事。但這種技巧實際上也是形成了他的雜文「雜」的另一種引文形式。最有趣的戲筆或許是《青年必讀書》，將「青年應多讀外國書，少看或者竟不看中國書」的極端反傳統的思想用一種開玩笑的形式來表現。總形式是一張調查表，在「青年必讀書」這一欄，和胡適、梁啓超等人所塡的長串書名恰恰相反，只塡寫了兩句話：「從來沒有留心過，所以現在說不出。」但在下面的「附注」欄裏，卻塡進了實際上表明他意思的整整一篇短文。這是對過去應試的文章的一種諧謔的模倣，上面的兩句是「破題」，後面的注釋才是「起講」。

當然，魯迅對雜文形式可能性的種種嘗試，是服務於他的日益多樣的內容的。在後來的幾個集子裏，《熱風》中那種「五四立場」在一種更廣闊的文化背景中得到更成熟的反映。魯迅文化批評的技巧也是他隱喻性論述的另一種運用，他最喜愛的方法是用某種細小具體的事物隱喻中國文化較為廣闊的方面，結果是使日常生活中某些常見的事物，在某種意義上變成了文化的代號（Cultural codes），給讀者特定的線索，使他們看到中國國民性所起的作用。例如在雜文集《墳》中的諸篇，從鬍鬚到牙齒，從照片到鏡子，從一句國罵到一篇艱澀的文章，無不顯示出國民性。這些隱喻都意味著魯迅眼中所見到的中國思想行為的特殊方式（例如《論睜了眼看》），並成為他溫和、或嚴酷的批評對象⑦。從大的方面說，著名的歷史遺跡遺物也能被轉化為寄託批評的寓意，例如：

> 偉大的長城！
>
> 這工程，雖在地圖上也還有它的小像，凡是世界上稍有知識的人們，大概都知道的罷。
>
> 其實，從來不過徒然役死許多工人而已，胡人何嘗擋得住。現在不過一種古蹟了，但一時也不會滅盡，或者還要保存它。
>
> 我覺得周圍有長城圍繞。這長城的構成材料，是舊有的古磚和補添的新磚。兩種東西聯為一氣造成了城壁，將人們包圍。
>
> 何時才不給長城添新磚呢？
>
> 這偉大而可詛咒的長城！
>
> （卷三，第五八頁）

這或許只是一點簡單的反應，但同時也是對圍繞著長城的歷史神話的有力貶斥。透過精妙的價值倒轉（reversal values），他把這有名的古蹟變成了頹敗的封建文化的象徵，這文化並且是難於動搖的，因爲有許多當代的復古者還在給它加添新的磚瓦。這樣，魯迅的詛咒對象就從往昔延伸到現在了。

兩篇論雷峰塔倒塌的雜文則更複雜。這裏又一次運用了象徵物價值倒轉（symbolic reversal）的技巧。第一篇，他首先重述了兒時聽到的關於白蛇許仙和法海的故事，表示了從來就希望雷峰塔倒塌的願望。隨著敘述的進行，讀者才逐漸明白這篇雜文說的不是別的，而是一個關於習見的道德觀壓抑本能的情和愛的大膽的寓言。如果譯成佛洛伊德的隱喻，雷峰塔就幾乎成了文化「超我」壓抑情欲和「本我」的圖騰式的象徵⑧。第二篇雜文擴展了這同一主題，對破壞和建設的辯證關係作了更概括的論述，將文化的評論延伸到歷史的引證和哲學的反思。正是這種獨特的將具體和抽象相結合，從具體的事物抽象出深刻的意義，或在基本事實上建立象徵的層次，使魯迅關於文化的雜文可以經久地一讀再讀：每一篇都突出了一項對中國文化和社會的「修正」。而且，當我們沉浸於魯迅的文字（**特別是那些隱喻較多的段落**）並對它的內在含義有所反應時，閱讀的過程就成爲一種反思的體驗了。在每篇閱讀的終了，我們初讀時的概念和印象也往往完全「倒置」了過來。

三、時代的苦悶與血淚的見證

隱喻傾向（metaphorical tendency）的特色在魯迅一九二七年以前的雜文中是比較明顯的。一九二七至一九二九年是一個關鍵性的轉變階段。在這階段，透過長時期靈魂的探索以及和創造社、太陽社的青年對手們的思想論爭，他從一九三〇年開始轉到左的立場，從此更深地捲入革命文學活動。《而已集》和《三閒集》是這一轉變的文學上的證明。

這兩個集子是過渡性的，讀起來極其吸引人，因爲它們生動地記錄了魯迅精神上的苦惱：首先是廣州「革命」騷亂的痛苦，其次是在上海和左翼文學戰線的辛辣的論戰。這兩個集子也表現了魯迅關於文學和革命之間複雜關係的一系列思考，以及他的思想發展。這些政治方面的意義將在後面專章分析。在這裏，我想首先繼續探索魯迅在探索新的方向中的藝術表現方式。

《而已集》是以下面的「題詞」開始的：

這半年我又看見了許多血和許多淚，
然而我只有雜惑而已。
淚揩了，血消了；
屠伯們逍遙復逍遙，
用鋼刀的，用軟刀的。
然而我只有「雜感」而已。
連「雜感」也被「放進了應該去的地方」時，
我於是只有「而已」而已！

（卷三，第四〇七頁）

這篇簡單的散文詩寫於一九二六年十月十四日，原是作爲前一本雜文集的後記的，現在又用來作爲新的集子的首篇。這些詩行中含有許多精神苦惱，很清楚地表現了魯迅改變了的情緒。他於八月間離北京到廈門，部分是由於「三一八」事件後日益嚴重的軍閥政府的壓迫，但到廈門大學以後的生活並不愉快。一九二七年一月到廣州，又正值「革命的」激動和蔣介石突然反共之時。「血和淚」在軍閥統治的北京有，在「革命根據地」的廣州也有，這些事情顯然使他震動，使他看到比原先生活的那個學術、知識的世界裏更迫人深思的社會現實。此外，魯迅後來又面臨意識形態的挑戰——來自創造社、太陽社的年輕人。他們自稱已經轉向無產階級革命，現在高揚著「革命文學」的旗幟，呼喊著各色革命口號，把魯迅置於防禦的地位。爭吵始於一九二八至一九二九年，既有文學理論性質，同時也有代溝的性質。它是來自一個「新青年」集團面對面的挑戰，而對於青年，魯迅原是非常信任又受到他們崇敬的。與此同時，他在廣州也「目睹了同是青年，而分成兩大陣營，或則投書告密，或則助官捕人的事實」，他的思路因此而被「轟毀」。如他自己所承認的，其結果是直接而深遠的：他不再相信進化論，不再相信「將來必勝於過去，青年必勝於老人」，也不能再給予中國的青年無保留的信任。

但這時他還並沒有成爲一個馬克思主義者，寧可說正陷於相當深的困惑之中。反映在《而已集》和《三閒集》中的，已經少有他以前常有的充滿信心、無所不包的文化批評，而是如他後來所說的「吞吞吐吐，沒有膽子直說的話」。部分或許是由於他一生中還是初次遇到官方的檢查，而便是他自己認識上的不確定也應當是相當重要的原因。因此，這兩個集子裏除了少部分反映個人內心的篇章外，引用了大量別人的信件附以答覆，意在確定或形成自己在論爭中的種種見解。就是在公開的講壇上，如在黃埔等幾個學校的講演中，也可以發現他在大聲說出內心的困惑。

由於大量引用當時人們的信件（一九二七年的有些篇章幾乎完全是引文組成），並有許多演講記錄，使這一時期魯迅的雜文具有公開性的特色。但是既然在這些公開文件中仍然浮現出他的內在情緒，它們也就應被認爲是表現了一種思想上重新認識的過程。這裏，不再是從外界的事件中發現「隨感」易於擊中的目標，而是將個人的感受落實在外部世界的混亂上，甚至到了這些感受最終竟是受著他所關心的外界事件支配的程度。總之，他的雜文已經從早期自由流暢的抒情隱喻轉向更具體，更確定的議論形式了，這種變化是容易看出的。但是對於像我這樣一個對他早期風格極爲愛好的讀者來說，這兩個集子裏那少量的抒情隱喻卻是極可貴的珍寶。例如以「小雜感」爲總題的二十多篇文字（《而已集》的題詞中雖然反覆地使用了「雜感」這個詞，小雜感卻只此一組）就屬此類，其中有些也正是他這個時期的情緒和思想的簡略概括：

> 約翰穆勒說：專制使人變成冷嘲。
>
> 而他竟不知共和使人們變成沉默。
>
> 要上戰場，莫如做軍醫；要革命，莫如走後方；要殺人，莫如做劊子手；既英雄，又穩當。
>
> 曾經闊氣的要復古，正在闊氣的要保持現狀，未曾闊氣的要革新。

人感到寂寞時，會創造；一感到乾淨時，即無創作，他已經一無所愛。

創作總根於愛。

楊朱無書。

創作雖說抒寫自己的心，但總願意有人看。

創作是有社會性的。

但有時只要有一個人看便滿足：好友，愛人。

以上段落指明了魯迅的某些困惑：暴政、隨便殺人、行為的混亂、寫作和沉默的意義。所有這些都以某種方式聯繫當時的環境，而且那關係比他在此以前寫的更直接。他已經感到中國正處於一個「大時代」的入口，可以導向新生也可以導向死亡的歷史緊要關頭，不可避免地會招致巨大的犧牲。在一九二七年九月的《答有恆先生》中，他開始判斷自己目前的狀況並揭示了他沉默的原因。他說：「因為我離開廈門的時候，思想已經有些改變。」「我恐怖了，而且這種恐怖，我覺得從來沒有經驗過。」他承認自己關於青年的「妄想」已經破滅，因為青年正在「新的血的遊戲」中扮演著角色，而且還看不見這齣戲的收場。接著，是更能說明問題的一段：

我發現了我自己是一個……。是什麼呢？我一時定不出名目來。我曾經說過：中國歷來是排著吃人的筵宴，有吃的，有被吃的。被吃的也曾吃人，正吃的也會被吃。但我現在發現了，我自己也幫助著排筵宴。先生，你是看我的作品的，我現在發一個問題：看了以後，使你麻木，還是使你清楚；使你昏沉，還是使你活潑？倘所覺的是後者，那我的自己裁判，便證實大半了。中國的筵席上有一種「醉蝦」，蝦越鮮活，吃的人便越高興，越暢快。我就是做這醉蝦的幫手，弄清了老實而不幸的青年的腦子和弄敏了他的感覺，使他萬一遭災時來嘗加倍的苦痛，同時給憎惡他的人們賞玩這較靈的苦痛，得到格外的享樂。

（卷三，第四五四頁）

「醉蝦」的隱喻當然使人回想起當年「吃人」和「鐵屋子」的隱喻。其反諷之處是他早年的預言已被悲劇地證明是正確的：那些熟睡的人們中被喚醒了的「較爲清醒」的人，現在是落在遊逛廣州街頭的「革命的」和「反革命的」人們手中痛苦而死了。這使他在新的改變了的環境裏只能感到痛苦和負疚。早年的口號如「救救孩子」現在也顯得是空洞的了。因此「我終於覺得無話可說」。在信的末尾，他說：「恐怖一去，來的是什麼呢？我還不得而知，恐怕不見得是好東西吧。但我也在救助我自己，還是老法子：一是麻痺，二是忘卻。一面掙扎著，還想從以後淡下去的『淡淡的血痕中』，看見一點東西，謄在紙上。」（卷三，第四五七頁）

如果說魯迅在一九二七年，雖然自稱沉默但還是比較地多言（他的雜文有整整一集並且還有的放進了第二個集子），那麼，在一九二八和一九二九年，他確實寫得很少了。少量的文章、信件、序跋，僅僅組成了《三閒集》的後半部分。像以前一樣，他想用閱讀來「麻痹」自己，但這次讀的是普列漢諾夫、盧那察爾斯基等俄國馬克思主義者的作品。這些作品被他從日譯本轉譯過來，並為他在一九三〇年以後的思想轉變鋪平了道路。但從他這一時期的信件和與創造社的論爭中（例如《〈醉眼〉中的朦朧》）卻可證明，他此時最關心的正是論戰對手們提出的那些問題，如文學（也包括他自己的作品）的階級性，如在中國是否可能有普羅文學運動等。因此，他對現實的「沉默」的描寫，實際上是隱蔽在騷動的語言之中的。從他的兩篇「夜記」，特別是後一篇《在鐘樓上》，我們發現他並不能保持沉默，也不能像在廈門時那樣退回到自己的孤獨中去，來自廣州外部世界的種種不同色彩時時插入，反映在作品中，使他的文字更顯出「雜」。而且，在他自己承認「沉默」的同時，卻不滿意於他的國人的馴服和消沉，稱之為「無聲的中國」。而且他繼續引證報刊上關於殺人和死亡的記載，包括對被指為共產黨人的刑戮，將現實世界的這種殘暴和「革命文學」中非現實的膚淺相對比。總之，在他一九二八至一九二九年的雜文中我們感到的，是在他自己設置的「沉默」之下即將暴發出來的不安與騷動。

（錄自本社出版之李歐梵《鐵屋中的吶喊》）

注釋

①夏濟安同意舒爾茨的看法，因此把一九二六年視為魯迅文學創作生涯結束的標誌。這樣就從魯迅的藝術創作中剔除了三分之二，其中大部分是雜文。見《黑暗的閘門》，第一二八頁。

②見許壽裳、鄭振鐸編《作家談魯迅》，第二一至二三頁，以及王瑤：《魯迅與中國文學》，第四〇頁。

③王瑤：《魯迅與中國文學》，第四〇頁。

④見卜立德（Pollard）《魯迅的雜文》。卜立德的這篇論文對魯迅的雜文作了特別細緻的分析，讀後使我能較輕鬆地寫出本書的這一章，對他的論點就不再重複，本章只增加了卜氏未曾論及的魯迅雜文的藝術方面，這也與本書的總論題有關。

⑤關於魯迅雜文與八股文的關係，參閱卜立德：《魯迅的雜文》。

⑥有趣的是，大多數有這類隱喻的篇章，北京外文出版社均未譯出，或許是因爲其中沒有常見的政治思想的確證吧。

⑦在論及中國國民性這個問題時，魯迅甚至引用早期到中國的傳教士的書，如史密斯（Arthur H.Smith）的《支那人氣質》（Chinese Characteristics）和威廉士（S.W.Williams）的《中國》（The Middle Kingdom）並贊同他們的意見。（見卷三，第三二一至三三六頁）

⑧這樣解釋決不是牽強附會。魯迅在作品中曾多次談到佛洛伊德，他的購書單中也有佛洛伊德的作品。廚川白村認爲文學創作代表某種被壓抑的「本我」的爆發，這思想對魯迅應是有啓發的。

魯迅年表

一八八一年

九月二十五日（農曆八月初三日）出生於浙江省紹興府會稽縣東昌坊口周家。取名樟壽，字豫山，後改名樹人，字豫才；一九一八年發表小說《狂人日記》時始用筆名「魯迅」。

一八八七年　六歲

入家塾，從叔祖玉田讀書。

一八九二年　十一歲

入三味書屋私塾，從壽鏡吾先生讀書。

一八九三年　十二歲

秋，祖父周介孚因科場案入獄。魯迅被送往外婆家暫住，接觸了一些農民生活，與農民的孩子建立了純真的感情。

一八九四年　十三歲

春，回家，仍就讀於三味書屋。

一八九六年　十五歲

冬，父周伯宜病重。爲求醫買藥，常出入於當鋪、藥店。

十月，父周伯宜病故，終年三十七歲。

一八九八年　十七歲

五月，往南京考入江南水師學堂求學。

十月，因不滿水師學堂的腐敗、守舊，改考入江南礦路學堂（全稱為「江南陸師學堂附設礦務鐵路學堂」）。魯迅這時受了康梁維新的影響，又讀到了《天演論》等譯著，開始接受進化論與民主思想。

一九〇一年　二十歲

繼續在礦路學堂求學。十一月，到青龍山煤礦實習。

一九〇二年　二十一歲

一月，從礦路學堂畢業。

四月，由江南督練公所派往日本留學，入東京弘文書院學習日語。

十一月，與許壽裳、陶成章等百餘人在東京組成浙江同鄉會，決定出版《浙江潮》月刊。課餘積極參加當時愛國志士的反清革命活動。

一九〇三年　二十二歲

三月，剪去髮辮，攝「斷髮照」，並題七絕詩〈靈台無計逃神矢〉一首於照片背後贈許壽裳。

六月，在《浙江潮》第五期發表〈斯巴達之魂〉與譯文〈哀聖〉（法國雨果的隨筆）。

十月，在《浙江潮》第八期發表〈說鍚〉與〈中國地質論〉。所譯法國凡爾納的科學小說《月界旅行》由東京進化社出版。

十二月，所譯凡爾納科學小說《地底旅行》第一、二回在《浙江潮》第十期發表，該書的全譯本後於一九〇六年由南京城新書局出版。

一九〇四年　二十三歲

四月，在弘文書院結業。

九月，入仙台醫學專門學校求學。魯迅後來在講到自己學醫的動機時說：「我的夢很美滿，預備卒業回來，救治像我父親般被誤的病人的疾苦，戰爭時候便去當軍醫，一面又促進了國人對於維新的信仰。」（《吶喊・自序》）

一九〇六年　二十五歲

一月，在看一部反映日俄戰爭的幻燈片時深受刺激：一個體格健壯的中國人被日軍指爲俄探，砍頭示眾，而被殺者與圍觀的中國人卻都神情麻木，魯迅由此而感到要拯救中國，「醫學並非一件緊要事」，更重要的是「改變他們的精神」，於是決定棄醫從文，用文藝來改變國民精神。

三月，從仙台醫學專門學校退學，到東京開始從事文藝活動。

夏秋間，奉母命回紹興與山陰縣朱安女士完婚。婚後即返東京。

一九〇七年　二十六歲

夏，與許壽裳等籌辦文藝雜誌《新生》，未實現。
冬，作《人之歷史》、《科學史教篇》、《文化偏至論》、《摩羅詩力說》，都發表在河南留學生主辦的《河南》月刊上。

一九〇八年　二十七歲

加入反清秘密革命團體光復會（一說一九〇四年）。
繼續爲《河南》月刊撰稿，著《破惡聲論》（未完），翻譯匈牙利籁息的《裴彖飛詩論》。
夏，與許壽裳、錢玄同、周作人等請章太炎在民報社講解《說文解字》。

一九〇九年　二十八歲

三月，與周作人合譯《域外小說集》第一冊出版；七月，出版第二冊。
八月，結束日本留學生活，回國，任杭州浙江兩級師範學堂生理學、化學教員。

一九一〇年　二十九歲

九月，改任紹興府中學堂生物學教員及監學。授課之餘，開始輯錄唐以前的小說佚文（後彙成《古小說鉤沉》）及有關會稽的史地佚文（後彙成《會稽郡故書雜集》）。

一九一一年　三十歲

十月，辛亥革命爆發；十一月，杭州光復。爲迎接紹興光復，魯迅曾率領學生武裝演說隊上街宣傳革命，散發傳單。紹興光復後，以王金發爲首的紹興軍公政府委任魯迅爲浙江山會初級師範學堂監督。

文言短篇小說《懷舊》作於本年。

一九一二年　三十一歲

一月三日，在《越鐸日報》創刊號上發表〈《越鐸》出世辭〉。

二月，辭去山會初級師範學堂監督職，應教育總長蔡元培邀請，到南京任教育部部員。

五月，隨臨時政府遷往北京，任教育部僉事與社會教育司第一科科長。

一九一三年　三十二歲

二月，發表《儗播布美術意見書》。

六月下旬，回紹興省母，八月上旬返京。

十月，校錄《稽康集》，並作〈稽康集・跋〉。

一九一四年　三十三歲

四月起，開始研究佛學。

十一月，輯《會稽故書雜集》成，並作序文。

一九一五年　三十四歲

九月一日，被教育部任命爲通俗教育研究會小說股主任。

本年開始在公餘搜集、研究金石拓本，尤側重漢代、六朝的繪畫藝術。

一九一六年　三十五歲

公餘繼續研究金石拓本。

十二月，母六十壽，回紹興。次年一月回北京。

一九一七年　三十六歲

七月三日，因張勳復辟，憤而離職；亂平後，十六日回教育部工作。

一九一八年　三十七歲

四月二日，《狂人日記》寫成，這是我國新文學中的第一篇白話小說，發表於五月號《新青年》，始用「魯迅」的筆名。

七月二十日，作論文《我之節烈觀》，抨擊封建禮教，發表於八月出版的《新青年》。

九月開始，在《新青年》「隨感錄」欄陸續發表雜感。

冬，作小說《孔乙己》。

一九一九年　三十八歲

四月二十五日，作小說《藥》。

六月末或七月初，作小說《明天》。

八月十二日，在北京《國民公報》「寸鐵」欄用筆名「黃棘」發表短評四則。

八月十九日至九月九日，在《國民公報》「新文藝」欄以「神飛」爲筆名，陸續發表總題爲〈自言自語〉的散文詩七篇。

十月，作論文《我們現在怎樣做父親》。

十二月一日至二十九日，返紹興遷家，接母親、朱安和三弟建人至北京。
十二月一日，發表小說《一件小事》。

一九二〇年　三十九歲

八月五日，作小說《風波》。
八月十日，譯尼釆《察拉圖斯特拉的序言》畢，發表於九月出版的《新潮》第二卷第五期。
本年秋開始兼任北京大學、北京高等師範學校講師。

一九二一年　四十歲

一月，作小說《故鄉》。
二、三月，重校《稽康集》。
十二月四日，所作小說《阿Q正傳》在北京《晨報副刊》開始連載，至次年二月二日載畢。

一九二二年　四十一歲

二月，發表雜文〈估《學衡》〉，再校《稽康集》。
五月，譯成愛羅先珂的童話劇《桃色的雲》，次年由上海商務印書館出版；與周建人、周作人合譯的《現代小說譯叢》，由上海商務印書館出版。
六月，作小說《白光》、《端午節》。

十一月，作歷史小說《不周山》（後改名《補天》）。

十二月，編成小說集《吶喊》，並作〈自序〉，次年由北京新潮社出版。

一九二三年　四十三歲

六月，與周作人合譯的《現代日本小說集》由上海商務印書館出版。

七月，與周作人關係破裂；八月二日租屋另住。

九月十七日開始，在北京世界語專門學校講授中國小說史，至一九二五年三月結束。

十二月，《中國小說史略》上冊由北京新潮社出版。

十二月二十六日，在北京女子師範大學講演，題爲〈娜拉走後怎樣〉。

本年秋季起，除在北大、北師大兼任講師外，又兼任北京女子高等師範學校講師。

一九二四年　四十四歲

一月十七日，在北京師範大學作題爲〈未有天才之前〉的講演。

二月作小說《祝福》、《在酒樓上》、《幸福的家庭》。

三月，作小說《肥皂》。

六月，《中國小說史略》下冊由北京新潮社出版。該書次年九月合成一冊由北京北新書局出版。

七月，應西北大學與陝西教育廳之邀，赴西安講學，講題爲〈中國小說的歷史的變遷〉。

八月十二日返京。
九月開始寫〈秋夜〉等散文詩，後結集爲散文詩集《野草》。
十月，譯畢日本廚川白村的《苦悶的象徵》。本年十二月由北京新潮社出版。
十一月十七日，《語絲》周刊創刊，魯迅爲發起人與主要撰稿人之一。創刊號上刊出魯迅的雜文《論雷峰塔的倒掉》。

一九二五年　四十四歲

從一月十五日起，以〈忽然想到〉爲總題，陸續作雜文十一篇，至六月十八日畢。
二月二十八日，作小說《長明燈》。
三月十八日，作小說《示眾》。
三月二十一日，作散文《戰士與蒼蠅》，對誣蔑孫中山先生的無恥之徒作了猛烈的抨擊。魯迅後來在《集外集拾遺・這是這麼一個意思》中談到這篇散文時說：「所謂戰士者，是指中山先生和民國元年前後殉國而反受奴才們譏笑糟蹋的先烈；蒼蠅則當然是指奴才們。」
五月一日，作小說《高老夫子》。
五月十二日，出席北京女子師範大學學生自治會召開的師生聯席會議，支持學生反對封建家長式統治的正義鬥爭。
八月十四日，被段祺瑞政府教育總長章士釗非法免除教育部僉事職。八月二十二日，魯迅向平政院投交控告章士釗的訴狀。次年一月十七日，魯迅勝訴，原免職之處分撤銷。
十月，作小說《孤獨者》、《傷逝》。
十一月，作小說《弟兄》、《離婚》。
十一月三日，編定一九二四年以前所作之雜文，書名《熱風》，本月由北京北新書局出版。
十二月，所譯日本廚川白村的文藝論集《出了象牙之塔》由北京未名社出版。
十二月二十九日，作論文《論「費厄潑賴」應該緩行》。
十二月三十一日，編定雜文集《華蓋集》，並作〈題記〉，次年六月由北京北新書局出版。

一九二六年　四十五歲

二月二十一日，開始寫作回憶散文《狗・貓・鼠》等，後結集爲回憶散文集《朝花夕拾》，一九二八年九月由北京未名社出版。
三月十日，作《孫中山先生逝世後一周年》，頌揚孫中山先生的革命精神。
三月十八日，段祺瑞政府槍殺愛國請願學生的「三一八慘案」發生。爲聲援愛國學生，揭露軍閥政府的暴行，魯迅陸續寫作了《無花的薔薇之二》、《死地》、《紀念劉和珍君》等雜文、散文多篇。因遭北洋軍閥政府通緝，曾被迫離寓至山本醫院、德國醫院等處避難十餘日。

八月一日，編《小說舊聞鈔》，作序言，當月由北京北新書局出版。

八月二十六日，應廈門大學邀請，赴任該校國文系教授兼國學研究院教授，啓程離北京。許廣平同車離京，赴廣州。

八月，小說集《徬徨》由北京北新書局出版。

九月四日，抵廈門大學。

十月十四日，編定雜文集《華蓋集續編》，並作〈小引〉，次年由北京北新書局出版。

十月三十日，編定論文與雜文合集《墳》，並作〈題記〉，次年三月由北京未名社出版。

十二月，因不滿於廈門大學的腐敗，決定接受中山大學的聘請，辭去廈門大學的職務。

十二月三十日，作歷史小說《奔月》。

一九二七年　四十六歲

一月十六日離廈門，十九日到廣州中山大學，出任該校文學系主任兼教務主任。

二月十八日，應邀赴香港講演，講題爲〈無聲的中國〉和〈老調子已經唱完〉，二十日回廣州。

四月八日，在黃埔軍官學校講演，題爲〈革命時代的文學〉。

四月十五日，爲營救被捕的進步學生，參加中山大學系主任會議，無效，於二十九日提出辭職。

四月二十六日，編散文詩集《野草》成，作〈題辭〉。七月，該書由北京北新書局出版。

七月二十三日，應邀在廣州暑期學術講演會上發表題爲〈魏晉風度及文章與藥及酒之關係〉的講演。

八月二十二日至二十四日，編《唐宋傳奇集》成，由北京北新書局在本年十二月及次年二月分上下冊出版。

九月二十七日，偕許廣平乘輪船離廣州，十月三日抵達上海，十月八日開始同居生活。

十二月十七日，《語絲》周刊被奉系軍閥封閉，由北京移至上海繼續出版，魯迅任主編，次年十一月辭去主編職。

十二月二十一日，應邀在上海暨南大學演講，題爲〈文藝與政治的歧途〉。

一九二八年　四十七歲

二月十一日，譯日本板垣鷹穗的《近代美術思潮論》畢，次年由上海北新書局出版。

二月二十三日，作文藝評論《「醉眼」中的朦朧》。

四月三日，譯日本鶴見佑輔隨筆集《思想・山水・人物》畢，次年五月由上海北新書局出版。

六月二十日，與郁達夫合編的《奔流》月刊創刊。

十月，雜文集《而已集》由上海北新書局出版。

一九二九年　四十八歲

二月十四日，譯日本片上伸的論文《現代新興文學的諸問題》畢，並作〈小引〉，本年四月由上海大江書鋪出版。

四月二十二日，譯蘇聯盧那察爾斯基的論文集《藝術論》畢並作〈小引〉，本年六月由上海大江書鋪出版。

四月二十六日，作〈《近代世界短篇小說集》小引〉。該書由魯迅、柔石等編譯，分兩冊，先後於本年四月、九月由上海朝花社出版。

五月十三日，離上海北上探親，十五日抵北平。在北平期間，先後應燕京大學、北京大學第二院、北平大學第二師範學院等院校之邀講演。六月三日啓程南返，五日抵滬。

八月十六日，譯蘇聯盧那察爾斯基的論文集《文藝與批評》畢，本年十月由上海水沫書店出版。

九月二十七日，子海嬰出生。

十二月四日，應上海暨南大學之邀，前往講演，題爲〈離騷與反離騷〉。

一九三〇年　四十九歲

一月一日，《萌芽月刊》創刊，魯迅爲主編人之一。

二月八日，《文藝研究》創刊，魯迅主編，並作〈《文藝研究》例言〉。這個刊物僅出一期。

二月至三月間，先後在中華藝術大學、大夏大學、中國公學分院作演講，共四次，題目分別爲〈繪畫漫論〉、〈美術上的現實主義問題〉、〈象牙塔與蝸牛廬〉和〈美的認識〉。

三月二日，中國左翼作家聯盟（簡稱「左聯」）成立，在成立大會上發表〈對於左翼作家聯盟的意見〉的演講，並被選爲執行委員。

三月十九日，得知被政府通緝的消息，離寓暫避，至四月十九日。

五月八日，譯完蘇聯普列漢諾夫《藝術論》，並爲之作序，本年七月由上海光華書局出版。

八月三十日，譯蘇聯阿·雅各武萊夫小說《十月》成，並作後記，一九三三年二月由上海神州國光社出版。

九月二十五日爲魯迅五十壽辰（虛歲）。文藝界人士十七日舉行慶祝會，魯迅出席。

九月二十七日，編德國版畫家梅斐爾德的《士敏土之圖》畫集成，並爲之作序。次年二月以三閑書屋名義自費印行。

十一月二十五日，修訂《中國小說史略》畢，並作〈題記〉。修訂本次年七月由上海北新書局出版。

十二月二十六日，譯成蘇聯法捷耶夫的小說《毀滅》，次年九月由上海大江書鋪出版，十月以三閑書屋名義再版。

一九三一年　五十歲

一月二十日，因「左聯」五位青年作家被捕而離寓暫避，二十八日回寓。五位青年作家遇難後，魯迅在「左聯」內部刊物上撰文，並爲美國《新群眾》雜誌作〈黑暗中國的文藝界的現狀〉。

四月一日，校閱孫用譯匈牙利裴多菲的長詩〈勇敢的約翰〉畢，並爲之作〈校後記〉。

七月二十日，校閱李蘭譯美國馬克・吐溫的小說《夏娃日記》畢，並於九月二十七日爲之作〈小引〉。

九月二十一日，就「九一八」事變，發表《答文藝新聞社問》，揭露日本帝國主義的侵略野心。

十二月二十七日，作文藝評論《答北斗雜誌社問》。

一九三二年　五十一歲

一月三十日，因「一二八」戰事，寓所受戰火威脅而離寓暫避，三月十九日返寓。

二月三日，與茅盾、郁達夫等共同簽署《上海文化界告全世界書》，抗議日本帝國主義的侵華暴行。

四月二十四日，雜文集《三閑集》編成，並作序，本年九月由上海北新書局出版。

四月二十六日，雜文集《二心集》編成，並作序，本年十月由上海合眾書店出版。

九月，編集與曹靖華等合譯的蘇聯短篇小說兩冊，一冊名《豎琴》，另一冊名《一天的工作》，各作〈前記〉與〈後記〉，二書均於一九三三年由上海良友圖書公司出版。一九三六年再版時合為一冊，改名為《蘇聯作家二十人集》。

十月十日，作文藝評論《論「第三種人」》。

十月二十五日，作文藝評論《為「連環圖畫」辯護》。

十一月九日，因母病北上探親，十三日抵北平。在北平期間，先後應北京大學第二院、輔仁大學、女子文理學院、北京師範大學與中國大學之邀前往講演，講題分別為〈幫忙文學與幫閑文學〉、〈今春的兩種感想〉、〈革命文學與遵命文學〉、〈再論「第三種人」〉和〈文力與武力〉。三十日返抵上海。

十二月十四日，作〈《自選集》自序〉。《魯迅自選集》於次年三月由上海天馬書店出版。

十二月十六日，編定《兩地書》（魯迅與許廣平的通信集）並作序，次年四月由上海北新書局以「青光書局」名義出版。

十二月，與柳亞子等聯名發表《中國著作家為中蘇復交致蘇聯電》。

一九三三年　五十二歲

一月六日，出席中國民權保障同盟臨時執行委員會會議，被推舉為上海分會執行委員。

二月七、八日，作散文《為了忘卻的紀念》。

二月十七日，在宋慶齡寓所參加歡迎英國作家蕭伯納的午餐會。

三月二十二日，作〈英譯本《短篇小說選集》自序〉。
五月十三日，與宋慶齡、楊杏佛等赴上海德國領事館，遞交《爲德國法西斯壓迫民權摧殘文化的抗議書》。
五月十六日，作雜文《天上地下》。
六月二十六日，作雜文《華德保粹優劣論》。
六月二十八日，作雜文《華德焚書異同論》。
七月十九日，雜文集《僞自由書》編定，作〈前記〉，三十日作〈後記〉，本年十月由上海北新書局以「青光書局」名義出版。
七月七日，與美國黑人詩人休斯會晤。
八月二十七日，作文藝評論《小品文的危機》。
九月三日，世界反對帝國主義戰爭委員會在上海召開遠東會議，魯迅被推選爲主席團名譽主席，但未能出席會議。
十二月二十五日，爲葛琴的小說集《總退卻》作序。
十二月三十一日，雜文集《南腔北調集》編定，並作〈題記〉，次年三月由上海聯華書局以「同文書局」名義出版。

一九三四年　五十三歲

一月二十日，爲所編蘇聯版畫集《引玉集》作〈後記〉，本年三月以「三閑書屋」名義自費印行。

三月十日，編定雜文集《准風月談》作〈前記〉，十月二十七日作〈後記〉，本年十二月由上海聯華書局以「興中書局」名義出版。

三月二十三日，作《答國際文學社問》。

五月二日，作文藝評論《論「舊形式的採用」》。

六月四日，作雜文《拾來主義》。

七月十八日，編定中國木刻選集《木刻紀程》並作〈小引〉，本年八月由鐵木藝術社印行。

八月一日，作散文《憶劉半農君》。

八月九日，編《譯文》月刊創刊號，任第一至第三期主編，並作〈《譯文》創刊前記〉。

八月十七至二十日，作論文《門外文談》。

八月，作歷史小說《非攻》。

十一月二十一日，為英文月刊作雜文《中國文壇上的鬼魅》。

十二月二十日，編定《集外集》，作序言。本書次年五月由群眾圖書公司出版。

一九三五年　五十四歲

一月一日至十二日，譯成蘇聯班台萊夫的兒童小說《錶》，本年七月由上海生活書店出版。

二月十五日，著手翻譯俄國果戈里的小說《死魂靈》第一部，十月六日譯畢，本年十一月由上海文化生活出版社出版。

二月二十日，《中國新文學大系・小說二集》編選畢，並爲之作序。本年七月由上海良友圖書印刷公司出版。

三月二十八日，作〈田軍作《八月的鄉村》序〉。

四月二十九日，爲日本改造社用日文寫《在現代中國的孔夫子》。

六月十日起陸續作以〈題未定草〉爲總題的雜文，至十二月十九日止，共八篇。

八月八日，爲所譯高爾基《俄羅斯的童話》作〈小引〉，該書十月由上海文化出版社出版。

十一月十四日，作〈蕭紅作《生死場》序〉。

十一月二十九日，作歷史小說《理水》畢。

十二月二日，作文藝評論《雜談小品文》。

十二月，作歷史小說《采薇》、《出關》、《起死》；與前作《補天》、《奔月》、《鑄劍》、《理水》、《非攻》一起彙編成《故事新編》，本月二十六日作序，次年一月由上海文化生活出版社出版。

十二月三十日，作《且介亭雜文》序及附記，十二月三十一日，作《且介亭雜文二集》

序及後記；本月還曾著手編《集外集拾遺》，因病中止。

一九三六年　五十五歲

一月二十八日，《凱綏·珂勒惠支版畫選集》編定，並作〈序目〉，本年五月自費以三閑書屋名義印行。

二月二十三日，爲日本改造社用日文寫《我要騙人》。

三月二日，肺病轉重，量體重，僅三十七公斤。

三月下旬，扶病作〈《海上述林》上卷序言〉，四月底，作〈《海上迷林》下卷序言〉。

該書署「諸夏懷霜社教印」，上卷於本年五月出版，下卷於本年十月出版。

四月十六日，作雜文《三月的租界》。

六月九日，作《答托洛斯基派的信》。

八月三日至五日，作《答徐懋庸並關於抗日統一戰線問題》。

九月五日，作散文《死》。

十月八日，往青年會參觀第二次全國木刻流動展覽會，並與青年木刻藝術家座談。

十月九日，作散文《關於太炎先生二三事》。

十月十七日，執筆寫作一生中最後的一篇作品《因太炎先生而想起的二三事》，未完篇輟筆。

十月十九日晨三時半，病勢劇變，延至五時二十五分病逝於上海。

魯迅作品精選：3

朝花夕拾【經典新版】

作者：魯迅
發行人：陳曉林
出版所：風雲時代出版股份有限公司
地址：10576台北市民生東路五段178號7樓之3
電話：(02) 2756-0949
傳真：(02) 2765-3799
執行主編：朱墨菲
美術設計：吳宗潔
業務總監：張瑋鳳

初版四刷：2023年12月
ISBN：978-986-352-455-7

風雲書網：http://www.eastbooks.com.tw
官方部落格：http://eastbooks.pixnet.net/blog
Facebook：http://www.facebook.com/h7560949
E-mail：h7560949@ms15.hinet.net
劃撥帳號：12043291
戶名：風雲時代出版股份有限公司

風雲發行所：33373桃園市龜山區公西村2鄰復興街304巷96號
電話：(03) 318-1378
傳真：(03) 318-1378
法律顧問：永然法律事務所 李永然律師
　　　　　北辰著作權事務所 蕭雄淋律師

行政院新聞局局版台業字第3595號 營利事業統一編號22759935

定價：220元

國家圖書館出版品預行編目資料

魯迅作品精選：3 朝花夕拾 經典新版 / 魯迅著. --
初版. -- 臺北市：風雲時代, 2017.02　面；　公分

ISBN 978-986-352-455-7（平裝）

857.63　　106001889